La Fondation Marguerite et Aimé Maeght

L'ART ET LA VIE

Yoyo Maeght

GALLIMARD
LA FONDATION MAEGHT

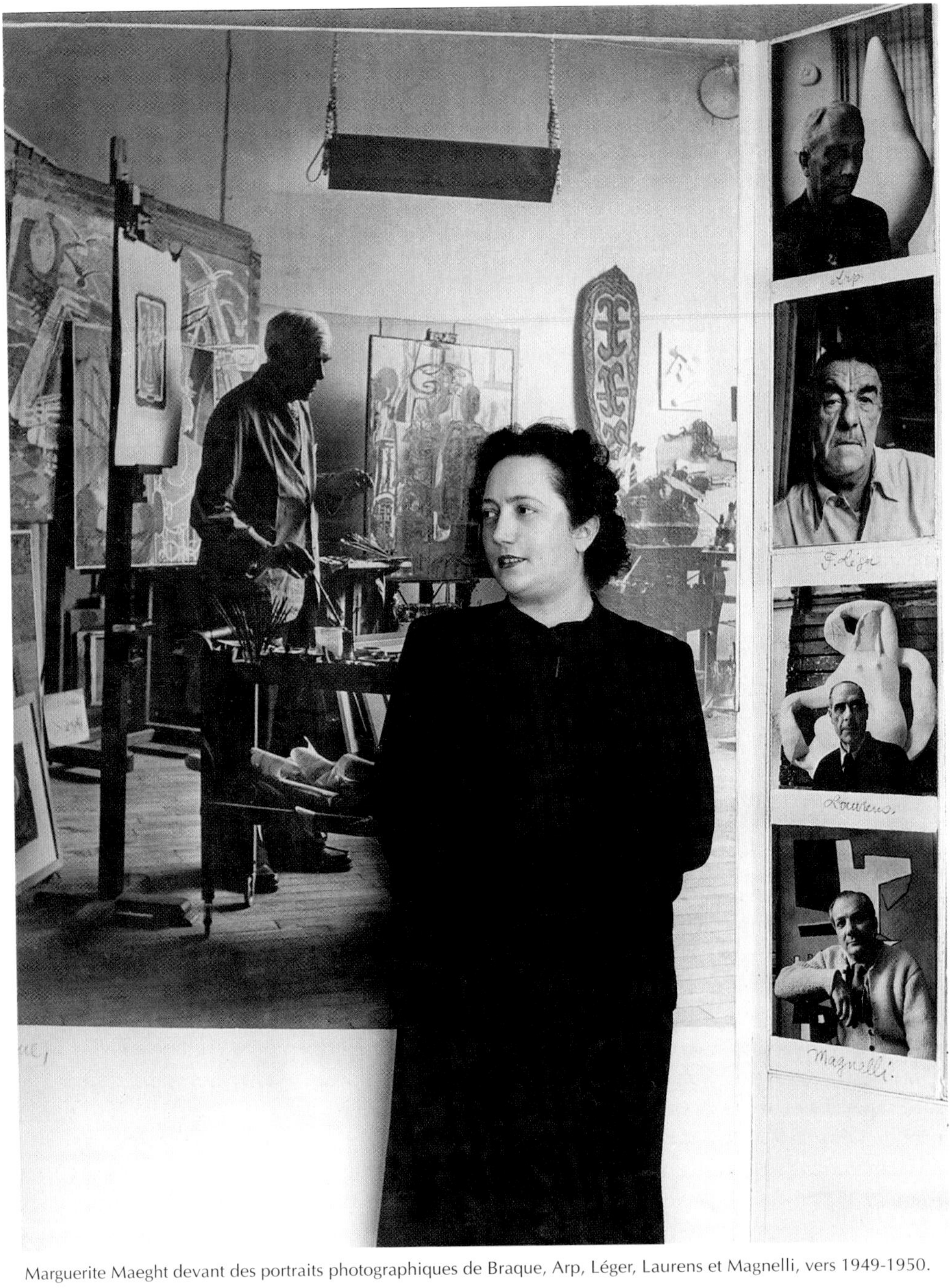

Marguerite Maeght devant des portraits photographiques de Braque, Arp, Léger, Laurens et Magnelli, vers 1949-1950.

L'art et la vie

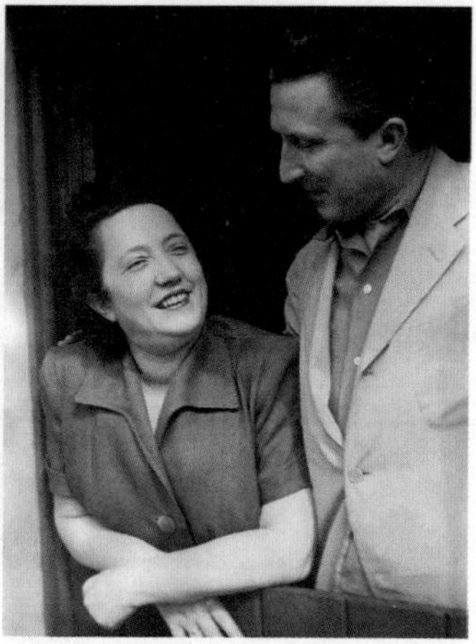

Marguerite et Aimé Maeght en 1952.

28 juillet 1964. Marguerite et Aimé Maeght voient leur grand rêve s'accomplir. Tout ce qui compte dans le milieu de l'art et de la création se presse dans une pinède de la Côte d'Azur, sur les collines de Saint-Paul-de-Vence. L'inauguration de la Fondation Marguerite et Aimé Maeght attire une foule d'anonymes mais surtout artistes et officiels, excentriques et collectionneurs, poètes et milliardaires. Ce jour-là, Ella Fitzgerald accompagne André Malraux, Marc Chagall discute avec Yves Montand, Joan Miró et son ami l'architecte José Luis Sert côtoient Alberto Giacometti et le cinéaste Henri Georges Clouzot. Ce jour-là, le couple Maeght réussit son pari insensé : ouvrir le premier lieu en France destiné à accueillir et à montrer l'art sous toutes ses formes – l'art vivant.

De Hazebrouck à Cannes : un destin se dessine

L'art vivant, Aimé Maeght y sera toute sa vie attaché, lui l'orphelin qui a su dépasser les drames qui ont jalonné sa vie. Aimé naît le 27 avril 1906 à Hazebrouck, près de Lille. Son père, ingénieur des Chemins de fer, est porté disparu durant la Première Guerre mondiale. Pour échapper aux Allemands, Aimé, ses deux sœurs, son frère et leur mère sont rapatriés dans le sud de la France, près de Nîmes. Il est encore enfant quand il comprend qu'il devra travailler dur pour soutenir sa famille.

Après avoir passé son certificat d'études, intelligent, l'esprit vif, passionné de jazz, de poésie et de peinture, Aimé poursuit de brillantes études à Nîmes, où il apprend le dessin industriel et reste cinq ans premier de sa promotion. Il n'en oublie pas pour autant d'être drôle, de soigner son allure et de cultiver sa curiosité pour les autres. Cherchant à maîtriser un métier qui lui permettrait de subvenir aux besoins de sa famille, il oriente ses études vers l'apprentissage de nouvelles techniques d'impression, jusqu'à obtenir un diplôme de graveur lithographe : « J'ai suivi parallèlement les cours du Conservatoire et des Beaux-Arts, car, étant l'aîné orphelin, ma mère ne voulait pas que je sois un artiste. J'ai senti un jour qu'il fallait choisir ; l'art ne

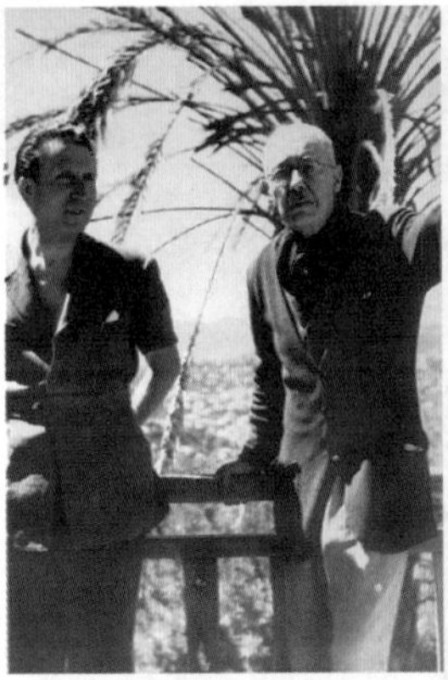

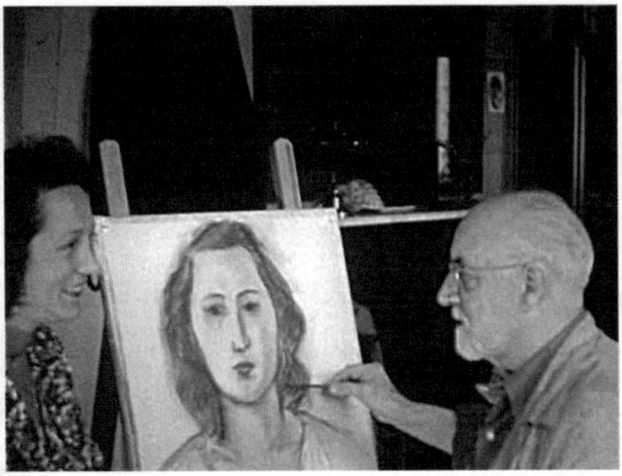

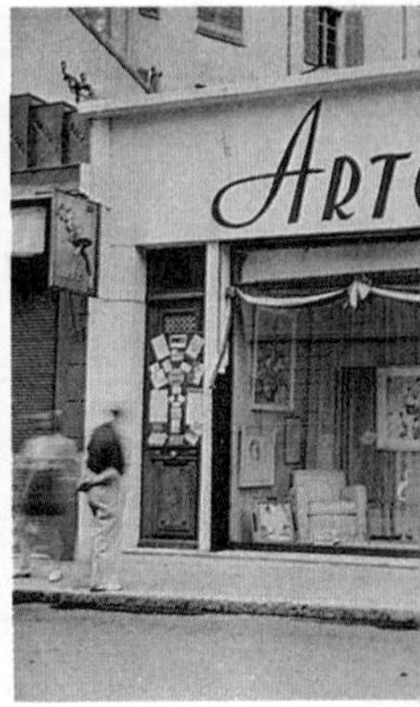

permet aucune compromission, il fallait tout sacrifier à la peinture… »

Son statut de pupille de la nation lui permet d'obtenir un emploi d'ouvrier imprimeur dans une entreprise de Cannes, où il s'installe en 1927. Il consacre ses quelques moments de loisirs à jouer de la mandoline à la chorale de l'église du Suquet, à Cannes, où il rencontre Marguerite Devaye, une pétillante Cannoise de dix-huit ans (née le 25 août 1909), fille de riches commerçants locaux. Aimé et Marguerite se marient en 1928.

À la stature imposante et toute nordique d'Aimé, aux yeux bleus, répond la fougue méditerranéenne de Marguerite, au regard noir. Toute sa vie à ses côtés, Marguerite restera la complice enthousiaste des audaces de son génie de mari, mais aussi l'organisatrice mesurée, qui permettra aux rêves d'être réalisés. Tous apprécient la généreuse maîtresse de maison, qui sait ouvrir sa table aux amis mais n'hésite jamais à fermer sa porte aux courtisans. Elle affirme ses choix – bref, c'est un caractère. Tous reconnaissent en elle les qualités qui complètent celles d'Aimé. Elle est intuitive, clairvoyante, naturelle et déborde d'énergie. Aimé la considère comme son *alter ego*.

En 1932, dans l'entre-deux-guerres, Aimé s'installe et ouvre l'imprimerie Arte (Arts et techniques graphiques) près de la Croisette, à Cannes. Des artistes locaux viennent y réaliser des lithographies. Pierre Bonnard, qui vit alors au Cannet, confie à Aimé le soin de mettre en couleurs ses lithographies. Ce maître moderne, déjà au faîte de sa gloire, détecte son talent. Quarante ans séparent les deux hommes : alors Bonnard devient le père spirituel d'Aimé, le pousse à se consacrer à l'impression d'art, et le soutiendra dans toutes ses décisions.

Les amitiés déterminantes

Arte, la « boutique-atelier » de Cannes, se transforme en galerie de tableaux. Animé par sa passion pour la poésie contemporaine, Aimé crée les Éditions Pierre à Feu et publie *Provence noire*, ouvrage illustré par André Marchand avec des textes de Bachelard, Eluard, Queneau et Machado, puis *Les Miroirs profonds*, illustré par Henri Matisse, avec des textes d'Aragon, Caillois, Char, Eluard…

Durant la Seconde Guerre mondiale, Aimé Maeght utilise ses presses pour aider la Résistance. Son ami Jean Moulin, qui a ouvert une galerie à Nice, est arrêté en juin 1943. Par crainte de voir son protégé inquiété, Bonnard

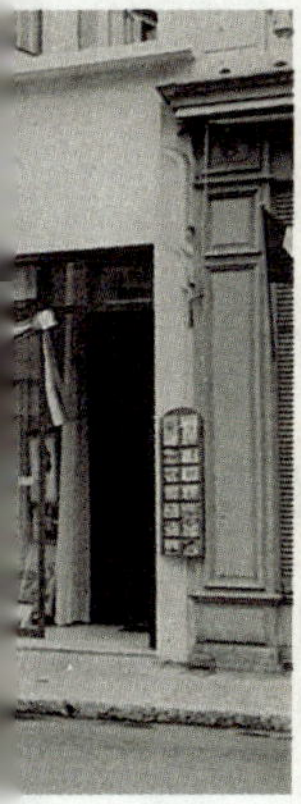

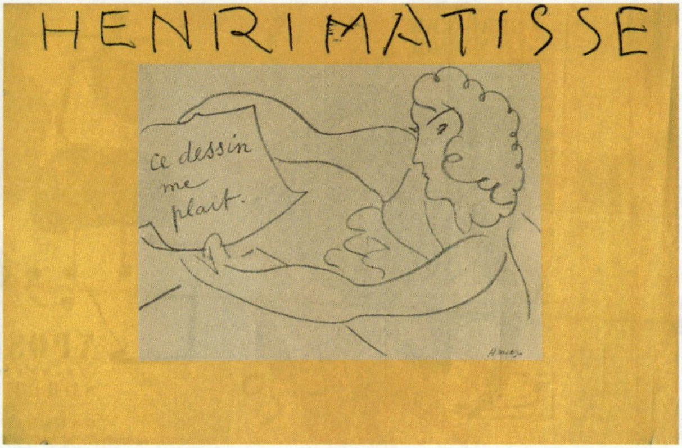

Pierre Bonnard et Aimé Maeght, Cannes, 1943.

Henri Matisse en train de faire le portrait de Marguerite Maeght, filmé par le jeune Adrien Maeght, 1944.

Vitrine d'*Arte*, 10, rue des Belges, à Cannes, 1939.

Carton d'invitation de l'exposition « Henri Matisse » organisée pour l'ouverture de la galerie Maeght, 1945.

aide Aimé, Marguerite et leurs deux enfants (Adrien, né en 1930, et Bernard, né en 1942) à se replier dans l'arrière-pays. Ils s'installent à Vence, au Mas des Orangers, tout proche de la villa Le Rêve, où vit Henri Matisse. Chaque jour, le jeune Adrien apporte à Matisse un bidon de lait, produit de la vache clandestine d'Aimé. En remerciement, Matisse aide l'adolescent dans ses devoirs de latin. Lors d'une visite chez le médecin, le peintre rencontre Marguerite et lui demande de poser pour lui. Chaque après-midi, Marguerite se rend chez lui. Le maître noircit, au fusain, une multitude de feuilles. Selon son habitude et son exigence, il n'en conservera que la quintessence : une petite vingtaine de portraits, nés de cette amitié, en témoignent.

À cette époque, la Riviera est le refuge des artistes et des écrivains qui fuient la zone occupée. Déjà Aimé et Marguerite Maeght réunissent ceux qui comptent dans le monde de l'art. Il y a le Hollandais Geer Van Velde, le Russe Jean Pougny, Picasso à Vallauris, Matisse et Bonnard, bien sûr. Au quotidien, tous se fréquentent et s'entraident. D'autres artistes passent aussi au Mas des Orangers : le musicien Reynaldo Hahn, le poète Pierre Reverdy, Thadée Natanson de *La Revue blanche*, Tristan Bernard…

À la Libération, Pierre Bonnard et Aimé Maeght, amis inséparables, décident de quitter la galerie de Cannes pour ouvrir un grand espace à Paris, encouragés par Henri Matisse qui se propose même de concevoir spécialement une série de dessins pour l'exposition d'ouverture. Sous l'œil protecteur de Bonnard et de Matisse, un destin et une vie se dessinent.

De Cannes à Paris : premiers succès

Après le chaos de la guerre, Paris se reconstruit. Les grandes maisons de couture attirent les élégantes fortunées du monde entier, la littérature et la philosophie se libèrent du carcan de l'Occupation, de grands quotidiens et magazines sont fondés, ou relancés, les nuits de Saint-Germain-des-Prés résonnent au rythme du jazz. Paris est une fête.

Au cœur de cet élan, la galerie Maeght, inaugurée le 6 décembre 1945, crée l'événement : elle est le lieu de rendez-vous des artistes, des poètes, des écrivains. Aimé et Marguerite ont le talent de réunir autour d'eux ceux qui inventent l'époque à venir. Les grands maîtres Bonnard, Matisse et Braque affichent leur soutien aux audacieux projets d'Aimé. Et c'est Matisse lui-même

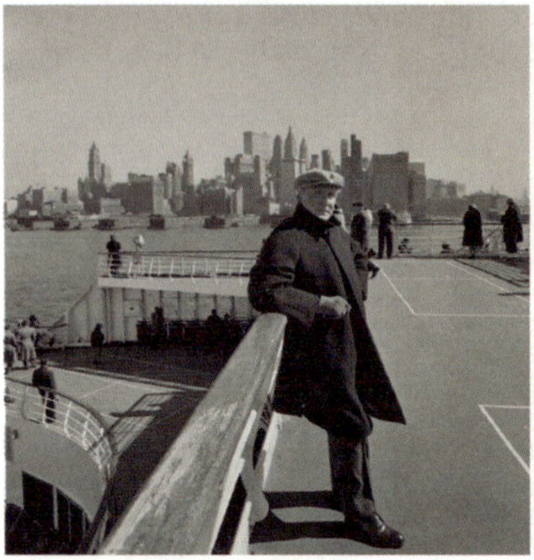

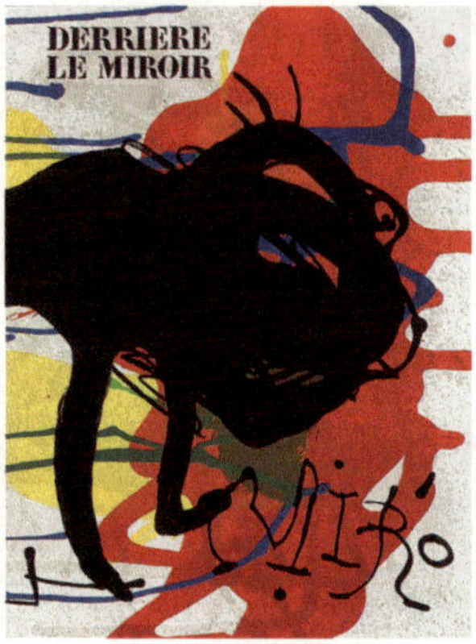

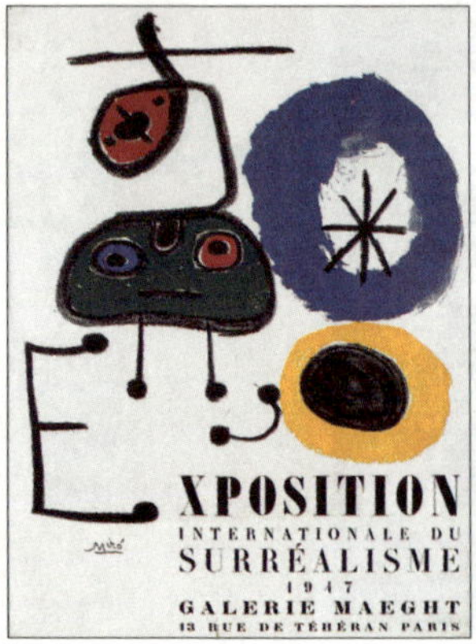

qui le désigne comme son nouveau marchand et lui fournit le titre de la deuxième exposition organisée à la galerie : « Le noir est une couleur ».

Dans une lettre de décembre 1946, Aimé appelle de tous ses vœux Georges Rouault, alors écarté de la scène artistique pour ses engagements jugés trop radicaux, à rejoindre l'équipe de la galerie : « J'ai 40 ans. Lorsque j'étais jeune, je voulais être peintre [...] J'étais père de famille et je n'ai plus eu le courage de poursuivre la peinture [...] En moi cependant se révélait un désir un grand projet [...] être marchand de tableaux pour aider les jeunes [...] Aujourd'hui je suis à la tête de la plus importante galerie de Paris. Seul propriétaire, sans aucun associé [...]. Pendant la guerre, j'ai pu faire vivre de nombreux jeunes peintres [...]. Tous ont trouvé près de moi l'appui moral et financier leur ayant permis de poursuivre leur lutte clandestine [...]. Sans grosse fortune, mais avec courage et enthousiasme, une foi inébranlable en l'avenir de l'art moderne et en ma mission, j'ai poursuivi ma lutte [...]. Georges Braque touché de mes efforts et des sacrifices très durs que je m'imposais pour faire vivre mes "jeunes" et leur famille, s'est spontanément joint à moi. [...]. Je viens vous offrir de vous joindre à nous [...]. Veuillez croire en ma cordiale admiration. »

Rayonnement au-delà des frontières

Rien n'arrête Aimé Maeght dans sa détermination et ses conquêtes. Visionnaire et encouragé par son épouse, Aimé Maeght regarde déjà outre-Atlantique. « Je vais frapper un grand coup ! » prédit-il.
Il s'embarque pour New York à la rencontre de Marcel Duchamp, à qui il propose d'organiser une exposition sur le surréalisme. Sous l'égide d'André Breton, Aimé réussit à regrouper, pour la première et dernière fois dans le même événement, tous les principaux acteurs du mouvement surréaliste. Et c'est un exploit. En 1947, la galerie devient le théâtre des installations les plus extravagantes : il faut franchir un rideau de pluie pour entrer dans l'exposition, des escargots vivants symbolisent des boules de billard, Duchamp appose un sein en mousse sur la couverture du catalogue, une étiquette précise : « Prière de toucher ». Marguerite est effarée par ce capharnaüm mais soutient sans faillir son mari. Le scandale provoqué, entre autres, par une femme nue et un crucifix détourné, déclenche les foudres de la presse mais assure un retentissement bien au-delà des frontières.

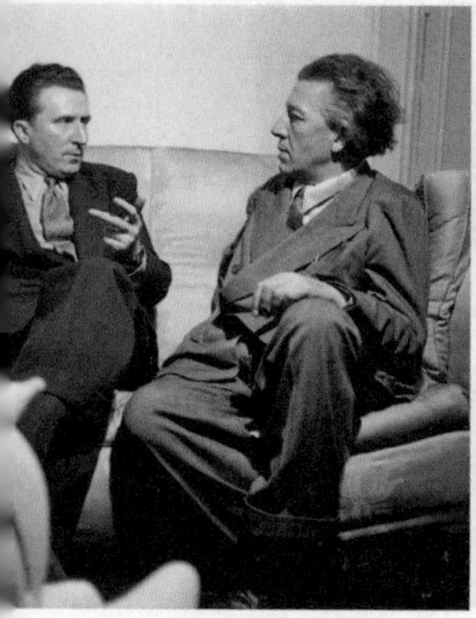

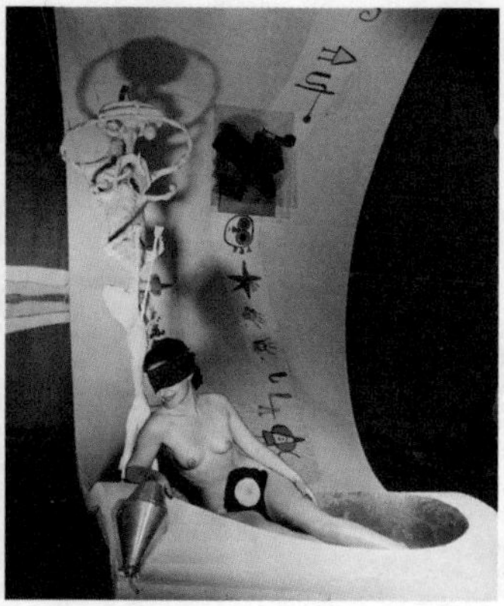

Aimé Maeght à New York en 1956.

Derrière le miroir consacré à Joan Miró, 1973, Maeght Éditeur, Paris.

Affiche de l'Exposition internationale du surréalisme, galerie Maeght, 1947.

Aimé Maeght et André Breton, lors de l'exposition du surréalisme, 1947.

Vue de l'exposition du surréalisme : au fond, *Superstition serpent,* de Joan Miró ; au premier plan, une femme nue et le sein en mousse de Marcel Duchamp, repris en couverture du catalogue *Prière de toucher.*

Dans cette tribu géniale et farfelue, Aimé est particulièrement séduit par la personnalité de Joan Miró. Dès lors, une complicité jamais démentie unira les deux hommes. Ce *happening* hisse la galerie Maeght au tout premier plan de l'avant-garde. Les artistes affluent, conscients du nouvel esprit qu'Aimé insuffle au marché de l'art.

La confiance de Bonnard et de Braque

Au moment où le succès et la reconnaissance arrivent enfin, en pleine ascension, Aimé perd son guide, Pierre Bonnard. « Il s'était formé entre Bonnard et moi une espèce d'amitié très curieuse qui dépassait l'amitié de deux hommes avec une telle différence d'âge. Pour moi Bonnard est *le* peintre. Dans les longues discussions que j'ai eues avec lui, c'est lui qui a été à la base de mon évolution et de l'ouverture de mon esprit à l'art vivant. Sans Bonnard, j'aurais peut-être continué comme les autres marchands. »

Bonnard disparu, Georges Braque, avec une tout autre personnalité, prend le relais et devient le mentor d'Aimé. Ce sera lui « le patron ». Toujours entourés d'artistes et de poètes à qui ils offrent les meilleurs moyens de s'exprimer, Aimé et Marguerite multiplient expositions, éditions, événements. De nouveaux artistes, alors inconnus, surgissent – Giacometti, Calder, Miró, Kelly, Ubac – parmi les valeurs confirmées que sont déjà Chagall, Derain, Kandinsky, Léger et surtout Braque, qui jouit d'une renommée internationale.

Tout autant pour affirmer et partager ses choix et ses exigences artistiques et esthétiques que pour initier le public, Aimé n'hésite pas à organiser, dans sa galerie, des présentations dignes des meilleurs musées : « Les premiers maîtres de l'art abstrait » ou six expositions des chefs-d'œuvre russes…

Derrière le miroir…

Aimé Maeght n'oublie pas ses premières amours : sa formation d'imprimeur lithographe et son métier de graphiste publicitaire, qu'il exerça à Cannes. Encore une fois précurseur, il sait que l'œuvre et l'esprit des artistes doivent être largement diffusés. Aussi, dès l'exposition « Le noir est une couleur », édite-t-il mieux qu'un catalogue : un véritable objet d'art conçu par les artistes. Chaque exposition est l'occasion d'un numéro de *Derrière le miroir* : 253 numéros sont édités entre 1946 et 1982. Les premiers numéros de ce qu'Aimé Maeght voulait être une revue grand public sont tirés à

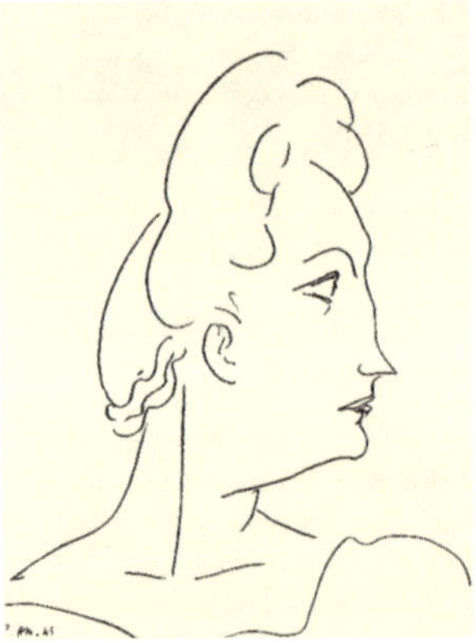 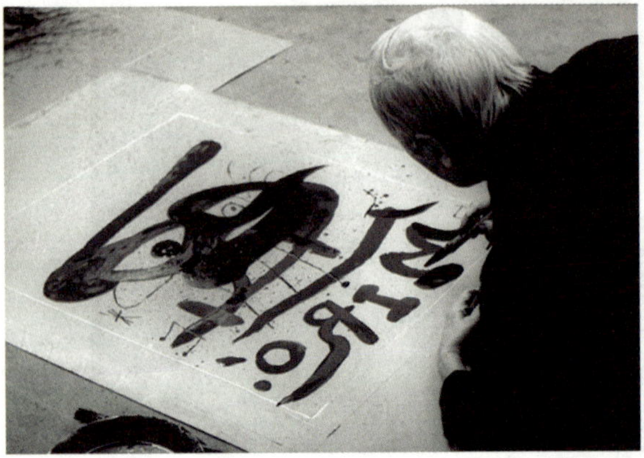 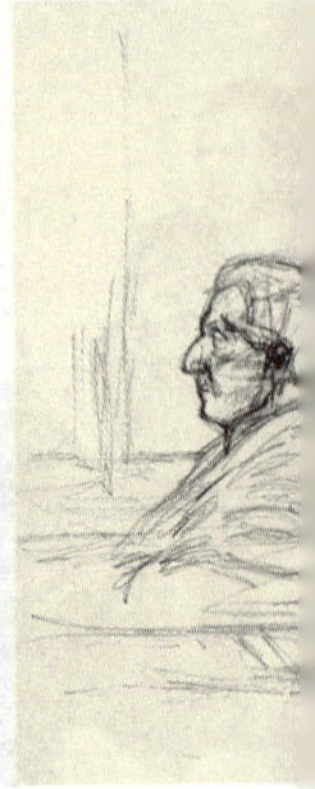

10 000 exemplaires. Alliance de l'écrit et de l'œuvre graphique, chaque titre naît de la rencontre d'un artiste et d'un écrivain, et nécessite la collaboration de tous les artisans du livre. Il n'y a plus d'illustration accompagnant un texte, mais une expérience poursuivie en commun. Entièrement imprimés en lithographie, textes et illustrations sont des créations originales.

Dans sa vision de « la » grande famille de l'art, Aimé Maeght réunit les plus grands poètes du siècle pour accompagner les artistes qui se livrent en toute liberté : l'œuvre de chacun éclaire l'œuvre de l'autre. Seront ainsi réunis René Char et Georges Braque, Samuel Beckett et Bram Van Velde, Francis Ponge et Germaine Richier, Tristan Tzara et Joan Miró, Michel Leiris et Alberto Giacometti, Gaston Bachelard et Marc Chagall, Pierre Reverdy et Fernand Léger, Italo Calvino et Saül Steinberg, Jean-Paul Sartre et Paul Rebeyrolle, Eugène Ionesco et Pol Bury, Octavio Paz et Eduardo Chillida. Parfois les rôles s'inversent : Alberto Giacometti rend hommage à André Derain, Aimé Maeght écrit pour Marc Chagall. D'autres, et pas des moindres, participent à l'aventure : Louis Aragon, Paul Eluard, André Breton, Vercors, Jean Genet, Jacques Prévert, Raymond Queneau, André Frénaud, Jacques Derrida, Yves Bonnefoy, Gaëtan Picon, Michel Foucault, Alain Robbe-Grillet, Paul Auster.

Toujours pour le bonheur des artistes et une création sans contrainte, Aimé met à leur disposition un atelier de gravure et d'impression, véritable « imprimerie-laboratoire ». Aimé Maeght, on l'a compris, ne peut concevoir son activité de marchand d'art sans donner la part belle à l'écrit. Parallèlement à *Derrière le miroir*, il édite des ouvrages de haute qualité qui font, plus que jamais, la joie des bibliophiles. Les plus belles signatures y collaborent. C'est encore et toujours affaire d'amitié et de rencontres, de talent et de génie. Du grand art.

Famille et compagnons de route

Adrien, le fils d'Aimé et de Marguerite, n'a que 26 ans quand il ouvre, à son tour, sa galerie à Saint-Germain-des-Prés. Jacques Prévert est déjà le parolier célèbre et le scénariste reconnu des *Enfants du paradis* et de *Quai des brumes*. Pour la première fois, et la seule de son vivant, il révèle ses collages au public pour inaugurer la nouvelle galerie. Située au cœur du quartier des éditeurs, voisine de Gallimard, la galerie de la rue du Bac expose la nouvelle génération

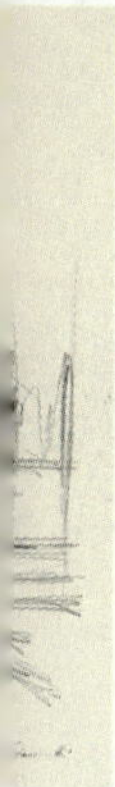

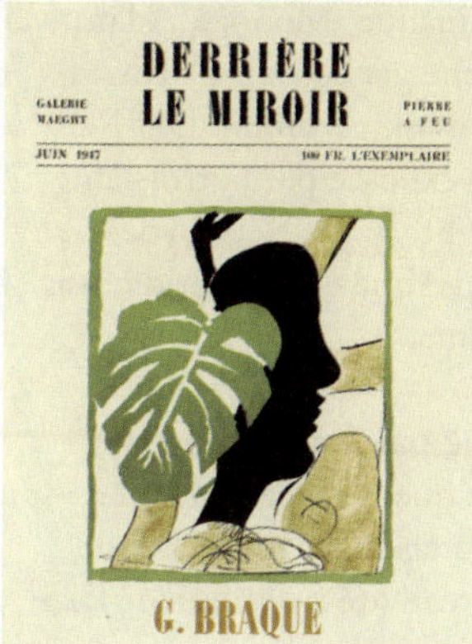

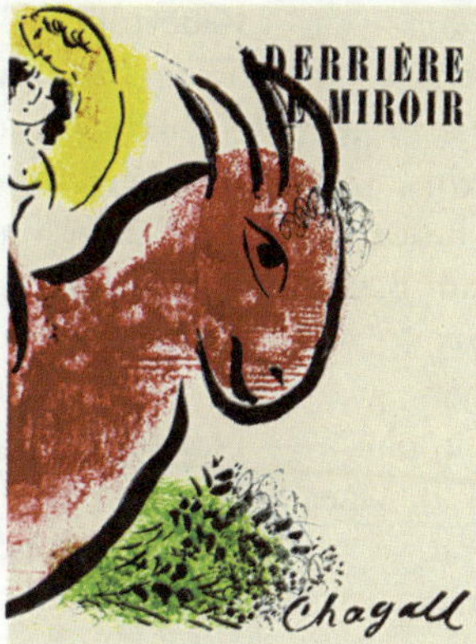

Henri Matisse, *Portrait de Marguerite Maeght*, 1945, crayon sur papier, 51 x 38 cm.

Joan Miró dessinant une lithographie.

Alberto Giacometti, *Portrait d'Aimé Maeght*, 1960, crayon sur papier, 49 x 31 cm.

Deux numéros de *Derrière le miroir*.

d'artistes « Maeght »: Kelly, Cortot, Bazaine, Tal-Coat…

La famille Maeght au grand complet rend régulièrement visite à Braque, à Varengeville. Le maître du cubisme aime maintenant à peindre les falaises de Normandie. C'est durant ces journées de vacances que de grands projets s'élaborent. D'André Malraux, Georges Braque et Aimé Maeght, on ne sait qui proposa d'orner un plafond du Louvre d'une peinture de Braque. La complicité entre ces trois hommes d'exception est telle que les idées naissent ensemble et se confondent. Adrien et Paule, son épouse, accaparés par leur galerie, ont pris l'habitude de déposer leurs trois filles, Isabelle, Florence et Yoyo, chez Georges Braque, qui les garde tous les jeudis au parc Montsouris.

En fin héritier du goût familial, Adrien, tout d'abord en charge de la mise en page de *Derrière le miroir*, devient responsable des éditions. Comprenant que les artistes rechignent parfois à se rendre dans des ateliers où leurs expérimentations ne sont pas les bienvenues, il sait les amener à se dépasser, et se révèle pour eux un collaborateur indispensable et un technicien hors pair. Il n'hésite pas à ouvrir, au printemps 1964, une imprimerie en plein Paris, où chacun aura totale liberté : l'imprimerie Arte, qui regroupe tous les procédés et techniques. Dès lors, tout document Maeght sortira de ses presses, autour desquelles s'activent une centaine d'ouvriers.

Passionné par les techniques innovantes d'impression et de photographie, Adrien met au point de nouveaux procédés qui ouvrent de vastes horizons. Il propose à Miró d'utiliser la « gravure au Carborundum », technique inconnue ou rejetée des ateliers traditionnels. Miró s'engouffre avec frénésie dans cette nouvelle dimension apportée par le relief de la plaque. La sensibilité de Bram Van Velde s'exprime pleinement dans la transparence des encres lithographiques. Pour Calder, Adrien conçoit un assemblage de plaques de cuivre découpées afin de transcrire les formes caractéristiques du sculpteur. Ubac, qui, avec Man Ray, a exploré la photographie surréaliste, trouve enfin, grâce à la phototypie, une technique à la hauteur de ses « solarisations ».

Dans le bouillonnement de 1968, Maeght édite et imprime *L'Art vivant*, magazine mensuel à la diffusion internationale (120 000 lecteurs). Une seule règle : tout dire, tout montrer – arts plastiques, cinéma, théâtre, danse, musique, littérature… D'autres revues, plus littéraires, voient le jour : *Éphémère*, qui réunit de 1966 à 1972 les plus belles signatures : Michel Leiris, Yves Bonnefoy, Samuel Beckett, Maurice Blanchot, dessins et textes de William Blake et d'Antonin Artaud, Henri Michaux, Gaëtan Picon, Francis Ponge, Georges Bataille… *Argile* prend le relais un an plus tard. On y retrouve Octavio Paz, W. B. Yeats, Philippe Jaccottet, Paul Auster, Pascal Quignard, Jean Tortel, Alain Veinstein… De 1985 à 1994 paraît *Noise*, revue grand format réunissant lithographies originales et textes originaux. Menée par le peintre Aki Kuroda, elle a pour propos de multiplier les ouvertures aux autres formes de création : les photographes Bettina Rheims et Keiichi Tahara, le compositeur Pascal Dusapin, les peintres et sculpteurs Markus Lüpertz, Miguel Barceló, le philosophe Jacques Derrida, les écrivains Witold Gombrowicz et François Weyergans…

Une galerie contemporaine

L'ambition d'Aimé Maeght a toujours été de réunir dans sa galerie toutes les tendances. Bonnard, Matisse, Braque constituent la première génération d'artistes exposée dès les débuts de la galerie, en 1945. L'équipe s'agrandit avec l'arrivée de Léger, Miró, Bram et Geer Van Velde. Entre 1946 et 1951, Chagall, Calder, Ubac, Giacometti et Kandinsky exposent pour la première fois à la galerie Maeght.

Sur tous les continents, Aimé, insatiable, cherche et trouve les nouveaux talents. Dans les années 1950, une jeune génération d'artistes émerge : Bazaine, Steinberg, Palazuelo, Chillida, Tal-Coat, Riopelle. Dans les années 1960, ils sont rejoints par une nouvelle vague : Bacon, Hartung, Lindner, Rebeyrolle, Télémaque, Monory, Adami, Takis. La troisième génération d'artistes – Valdès, Gasiorowski, Kuroda, Del Re – sera défendue et exposée par la troisième génération Maeght, Isabelle et Yoyo, les petites-filles d'Aimé et de Marguerite. L'aventure continue.

Naissance d'une passion

En 1950, tandis que la galerie prospère, tout semble sans ombrage. Ces moments de bonheur et de créativité ne sauraient faire oublier le drame que les Maeght traversent. Bernard, le jeune fils d'Aimé et Marguerite, est atteint d'une leucémie. La maladie amène les Maeght à déménager à Varengeville, puis à retourner sur la Côte d'Azur, où l'air serait bénéfique au petit. Ils achètent une propriété sur une colline en face de Saint-Paul. Après des mois de lutte, Bernard meurt en 1953. Ce n'est que grâce au soutien et à la présence des artistes que la famille réussit à surmonter l'épreuve de la disparition de l'enfant.

C'est l'ami Braque, épaulé par André Malraux, qui suggère à Marguerite et Aimé de se lancer dans une nouvelle entreprise. Une folie : la création, *ex nihilo*, d'un lieu d'un type tout à fait nouveau. « Quand Braque est venu me rejoindre à Saint-Paul, un mois après la mort de mon petit garçon, j'étais au fond du désespoir. Il m'a dit : Puisque vous avez tant envie de faire quelque chose qui n'aurait pas de but spéculatif, qui nous permettrait à nous les artistes d'exposer de la sculpture et de la peinture dans les meilleures conditions possibles de lumière et d'espace, faites-le, je vous aiderai. » Ainsi naissent les bases de la Fondation Maeght.

Alberto Giacometti, *Portrait de Marguerite Maeght*, 1961, huile sur toile, 145 x 95 cm.

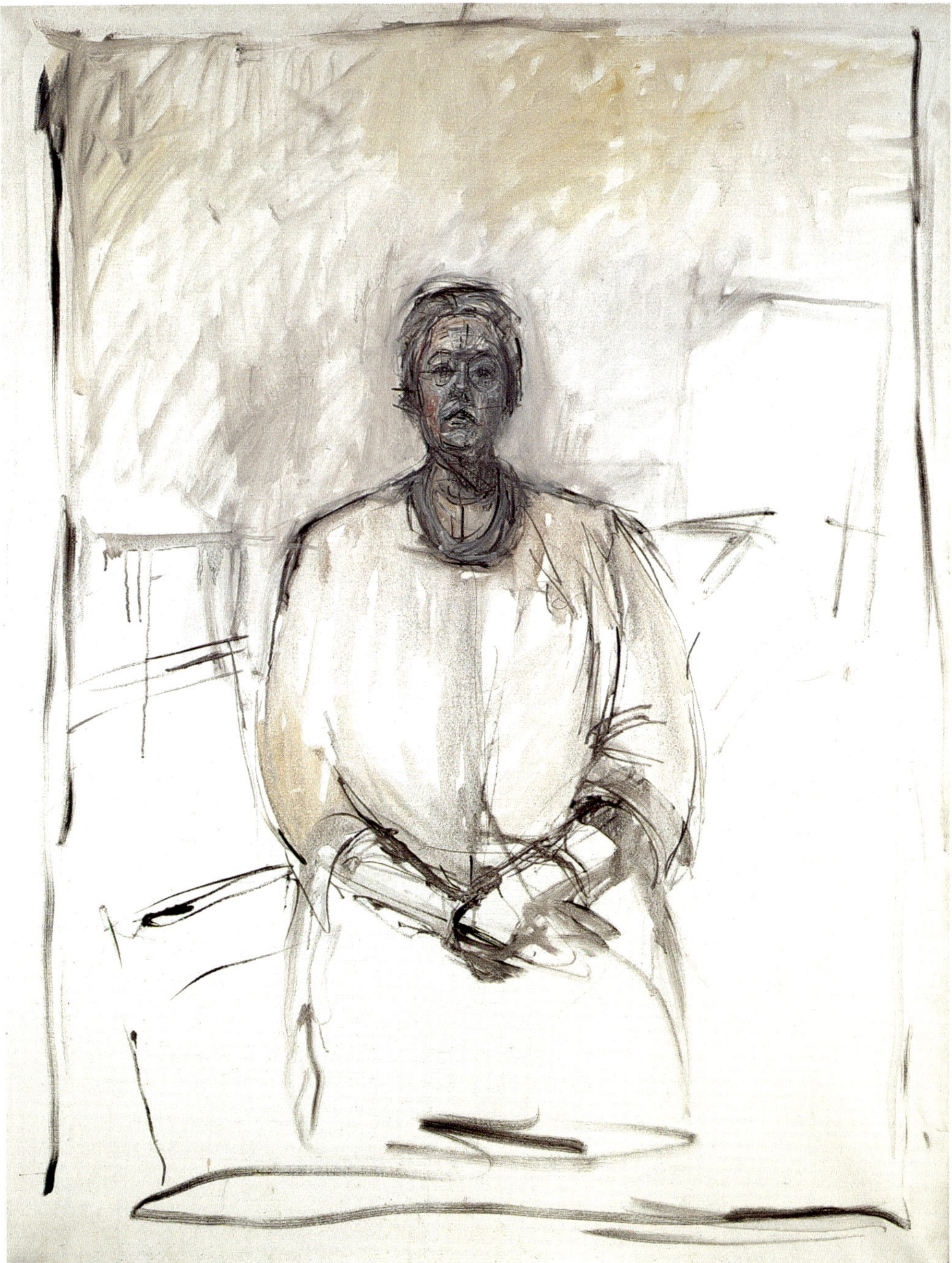

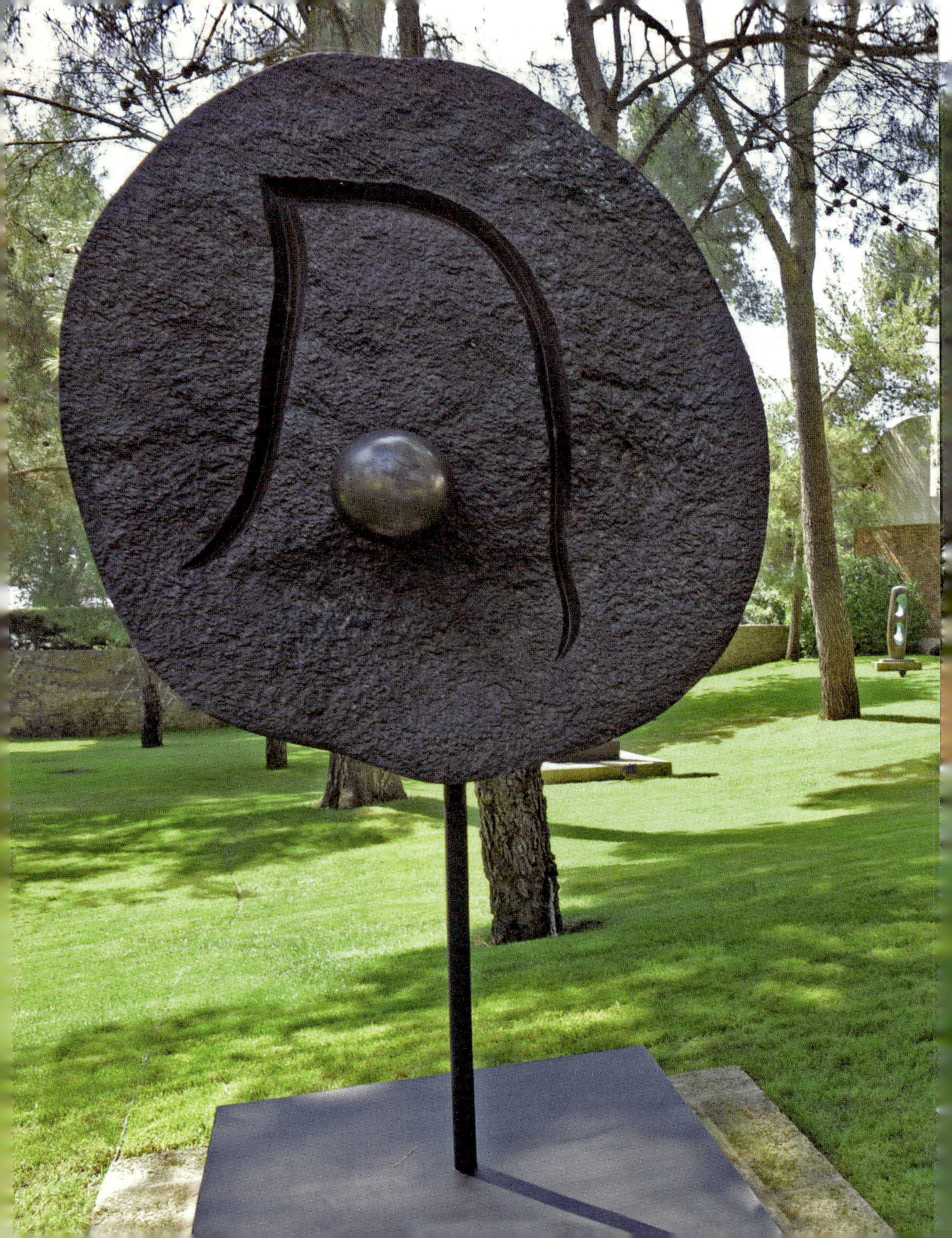

Le jardin de sculptures

Oublié, le brouhaha du village touristique de Saint-Paul. Il faut cheminer jusqu'au sommet d'une colline pour atteindre la Fondation Maeght. Quelque chose d'une montée à l'Olympe. Protégée dans sa pinède, la Fondation s'ouvre aux visiteurs et, immédiatement, la sérénité du lieu saisit. Chant des cigales et senteurs méditerranéennes. La Fondation Marguerite et Aimé Maeght est un véritable musée dans la nature. Son ensemble architectural et ses jardins sont spécialement conçus pour présenter l'art moderne et contemporain sous toutes ses formes. Dès l'entrée, parmi les pins, l'œil se promène sur les œuvres. Ici, rien n'est figé : le choix des sculptures posées sur l'herbe change au rythme des saisons.

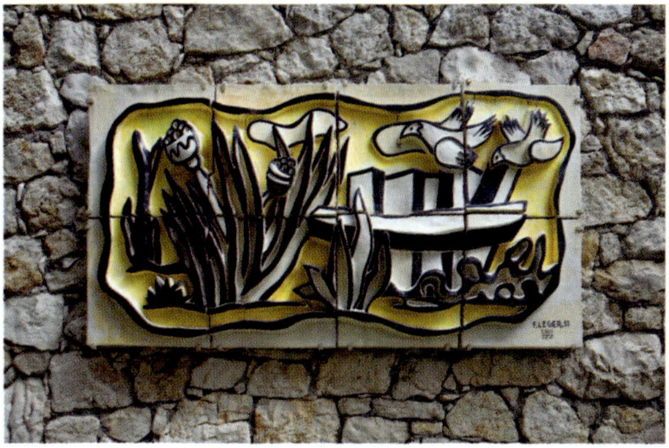

Fernand Léger, Céramique, 1953, 100 x 195 cm.

Le jardin est clos par un mur que Pierre Tal-Coat a conçu comme un hommage aux peintures rupestres. *La Constellation*, grand bronze noir de Joan Miró, accueille les visiteurs (page de gauche). Le regard s'arrête sur la monumentalité d'un immense stabile noir d'Alexander Calder qui symbolise les contreforts d'un village (à droite). Sur les murs de pierres sèches, une céramique de Fernand Léger (ci-dessus).

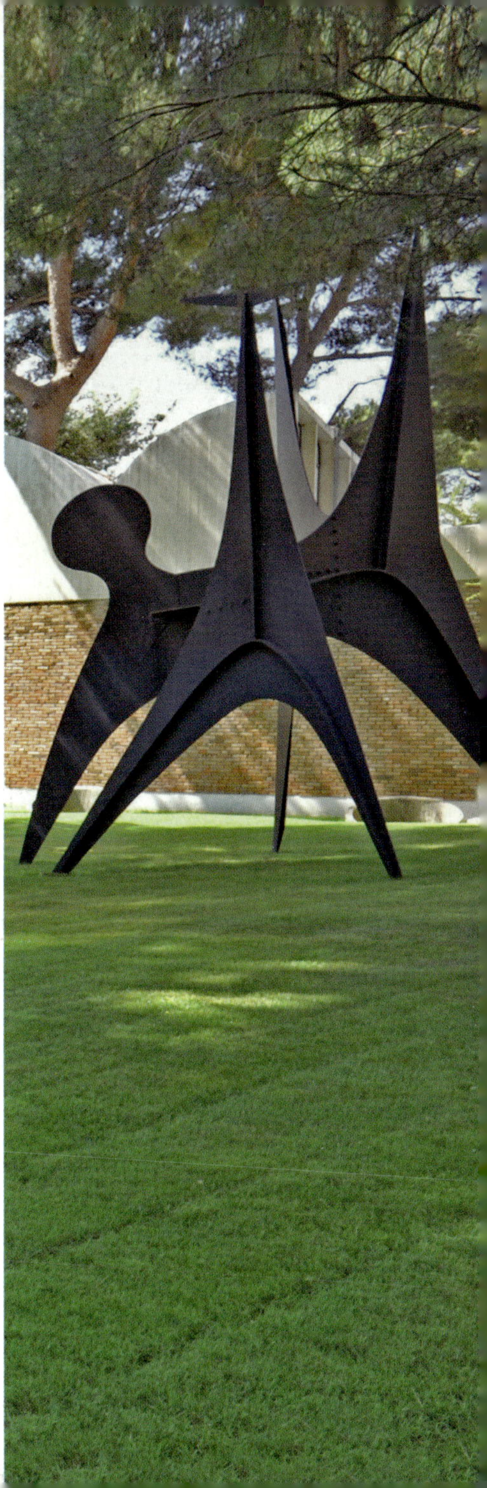

Hymne à la vie

Autour du couple Maeght se crée une véritable communauté d'artistes. Déjà, dès 1946, Aimé Maeght, dans une lettre adressée au peintre Rouault, écrit : « La galerie Maeght est une amitié, chacun œuvre pour tous, je ne suis pas le patron mais un des leurs […] » Peintres, sculpteurs, écrivains, poètes, tous se retrouvent à Saint-Paul, où ils se sentent chez eux. Ils s'engouffrent avec passion dans l'aventure de la Fondation. Chacun propose, imagine, suggère ; Aimé écoute, analyse, projette. Ici, les artistes trouvent un espace d'exposition, mieux, un espace de création.

Ci-dessous, sculptures d'Alberto Giacometti : au premier plan, *L'Homme qui marche I*, 1960, bronze peint, 183 x 26 x 95,5 cm ; au fond, *Grande Femme debout I*, 1960, bronze peint, 270 x 54 x 36 cm ; au mur, Marc Chagall, *Devant le tableau*, 1968-1971, huile sur toile, 116 x 89 cm.

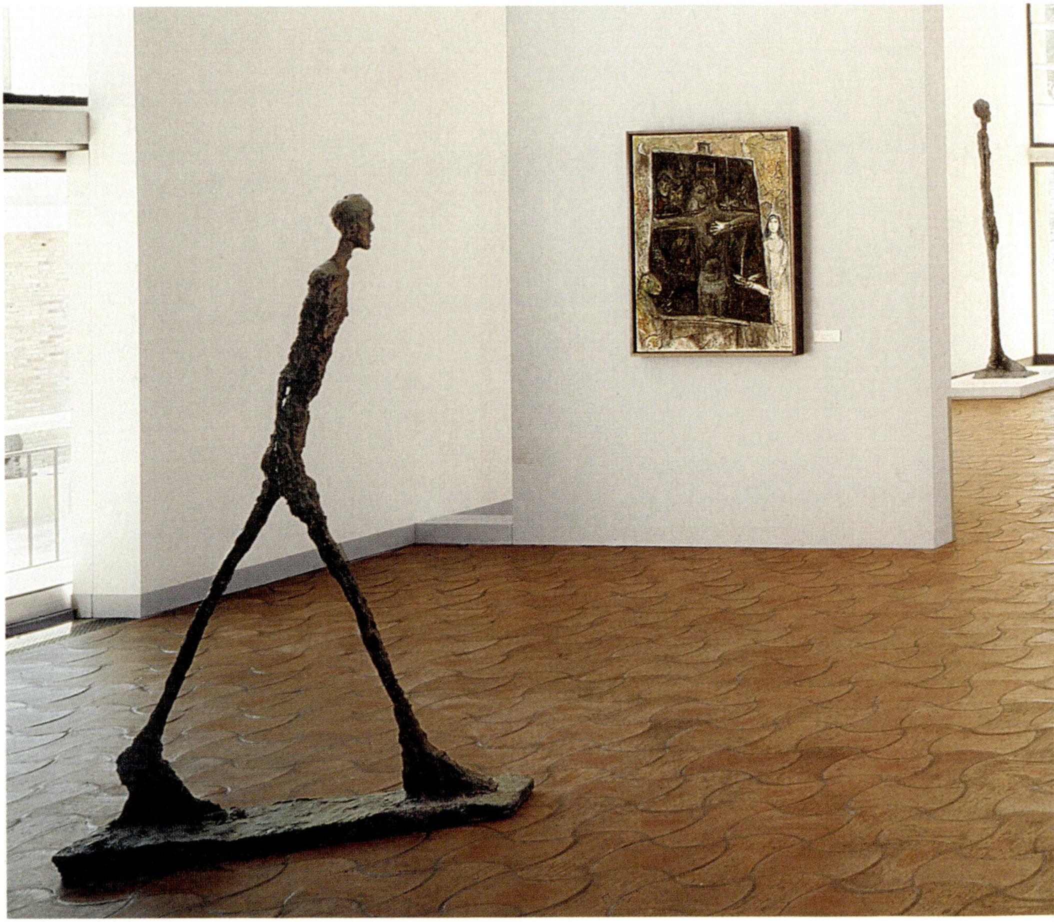

Les amis qui vous entourent connaissent l'homme que vous êtes, ils connaissent aussi les services que vous avez rendus à l'art que vous aimez d'un amour passionné. Vous avez su conquérir la confiance et l'amitié de quelques-uns d'entre les artistes. Vous avez su répondre à cette confiance en voulant que leur œuvre pût atteindre un très large public.

Marc Chagall, lettre à Aimé Maeght, 28 septembre 1964

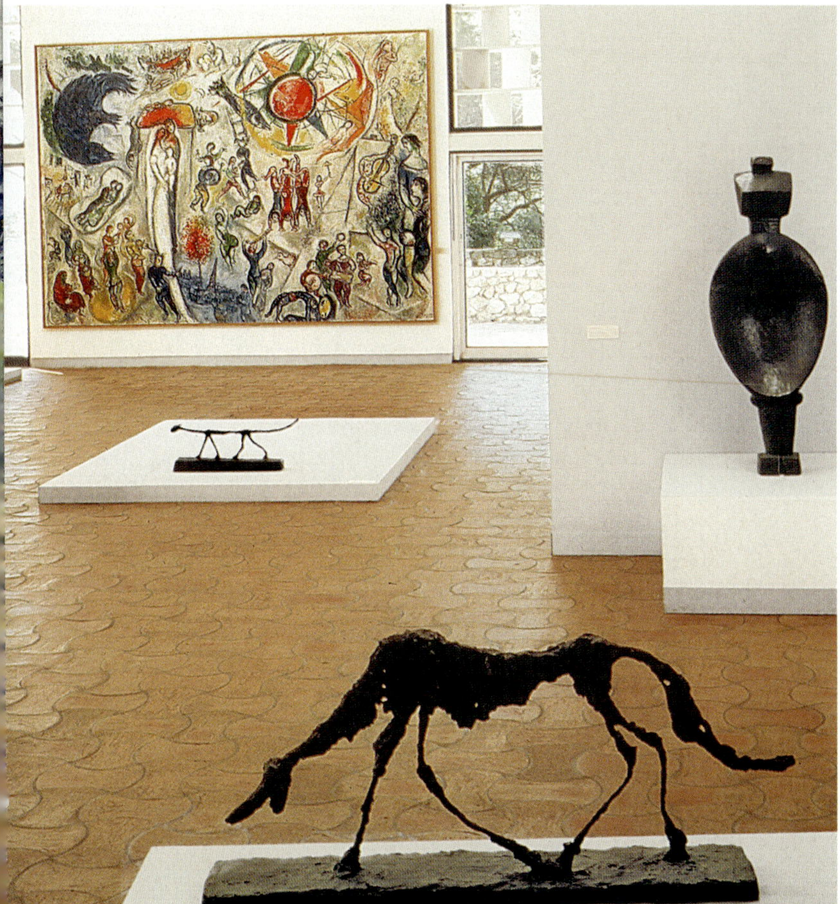

Les œuvres de Chagall et de Giacometti sont visibles dans les jardins et les cours, mais aussi sont régulièrement exposées dans « la salle de la Mairie », la plus spacieuse de la Fondation. Comme dans une mairie, un long balcon surplombe l'agora du village. La lumière entre par de larges baies donnant sur le *Labyrinthe* de Miró et la cour Giacometti.

Ci-contre, sculptures d'Alberto Giacometti : *Le Chien*, 1951, bronze, 47 x 100 x 15 cm ; *La Femme cuiller*, 1926, bronze, 145 x 51 x 21 cm ; *Le Chat*, 1951, bronze, 32 x 82 x 13 cm ; au mur, Marc Chagall, *La Vie*, 1964, huile sur toile, 296 x 406 cm.

Les maîtres de l'art moderne

Il ne peut exister de grand musée sans grande collection. Depuis ses premiers pas de marchand d'art, Aimé Maeght, en véritable collectionneur, a su conserver des œuvres exceptionnelles et emblématiques des artistes qu'il admirait. Aimé et Marguerite Maeght conçoivent la Fondation autant comme un écrin à leur collection que comme un moyen d'affirmer leur goût et leurs choix, qui ne laissent place ni au hasard ni à la mode. La Fondation Maeght possède une des plus importantes collections en Europe de peintures, sculptures, dessins et gravures du XXe siècle. La collection, par sa grande variété, témoigne autant d'une absolue liberté de regard que d'un choix avisé. Les artistes amis des fondateurs sont particulièrement bien représentés – Bonnard, Braque, Calder, Chagall, Giacometti, Léger, Miró…

De tous les artistes qu'Aimé Maeght a connus, Pierre Bonnard est celui qu'il a le plus fréquenté durant vingt ans. Il admirait autant l'œuvre, l'homme que son sens du métier de peintre.

Pierre Bonnard, *L'Été*, 1909, huile sur toile, 260 x 340 cm

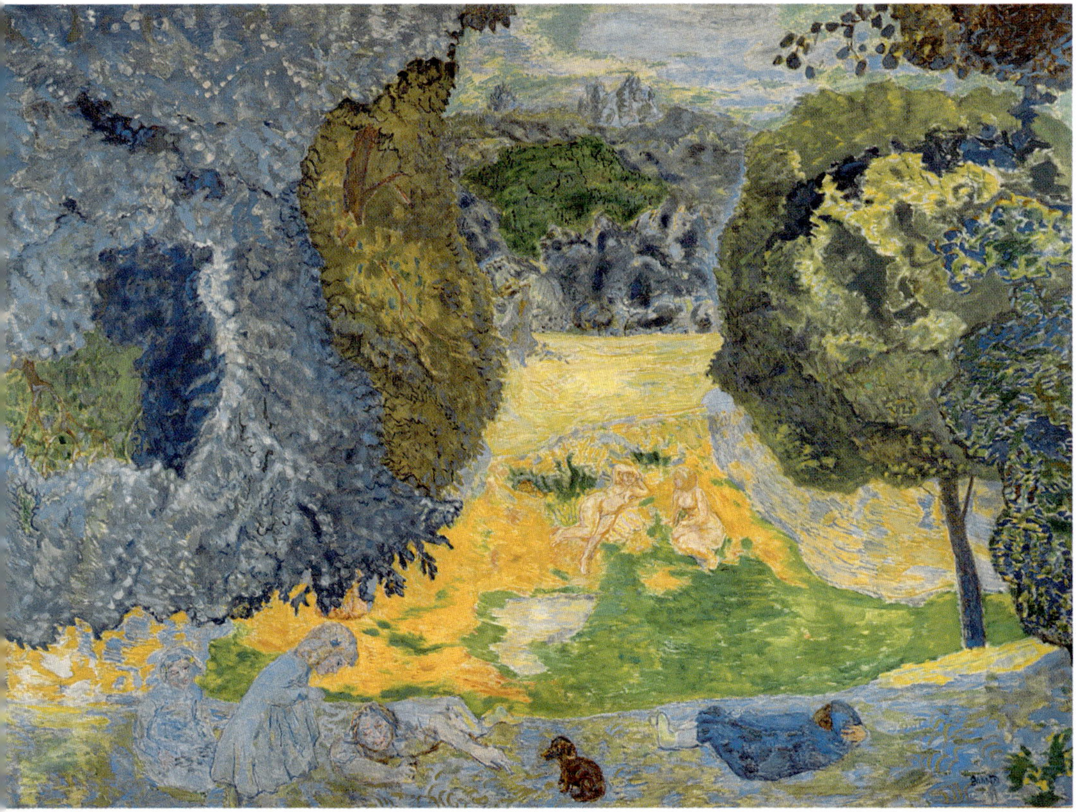

Georges Braque, *Atelier VI*, 1950, huile sur toile, 130 x 162,5 cm

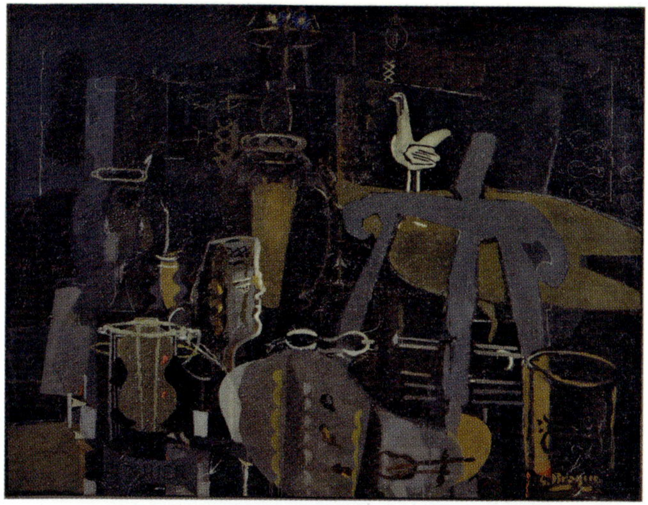

Si tu fais ça, je t'apporte ma barbouille. Je peindrai même les rochers.

Fernand Léger à Aimé Maeght en 1954, quand jaillit l'idée d'une fondation à Saint-Paul

Fernand Léger, *La Partie de campagne*, 1954, huile sur toile, 240 x 360 cm

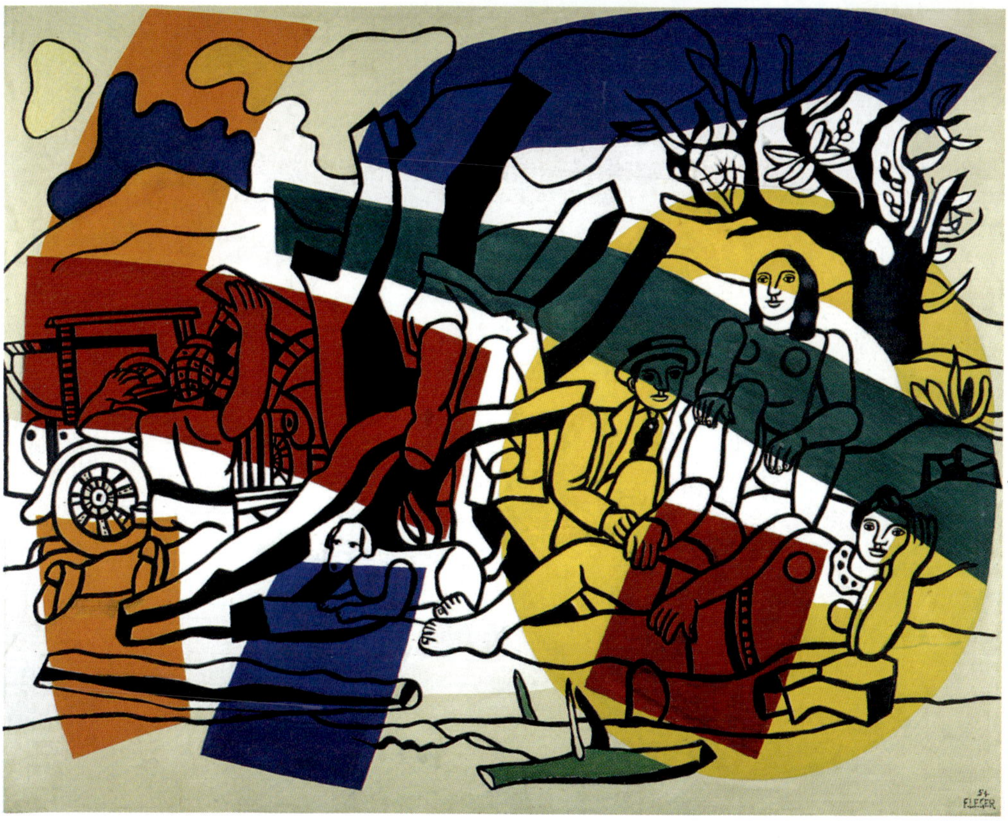

Les artistes contemporains

La collection témoigne de l'engagement de la famille Maeght, qui y exprime toute sa conviction et son audace. Elle est dictée non seulement par les œuvres réunies par ce couple passionné, mais aussi par les commandes et achats faits aux artistes. Au gré des rencontres, des donations et des achats, la collection de la Fondation Maeght ne cesse de se développer et de s'enrichir. Ce n'est pas la quantité d'œuvres qui fait l'âme de la maison mais sa variété.

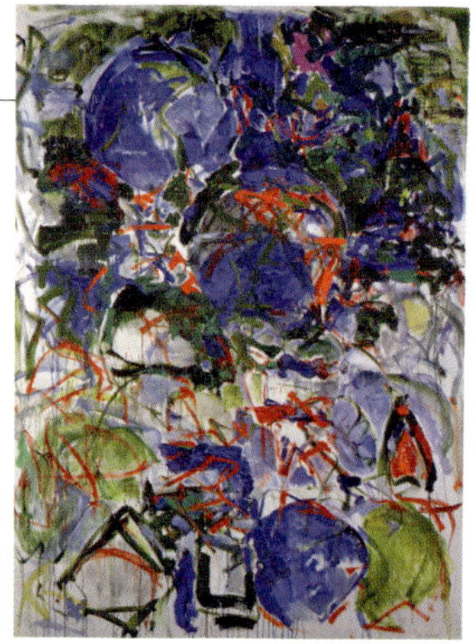

Joan Mitchell, *Mon paysage,* 1967, huile sur toile, 260 x 180 cm

Cette variété, sans barrière de générations, est notamment visible dans la confrontation d'artistes venus de tous pays. Maeght a défendu et continue de mettre en lumière des individus et non des mouvements artistiques. Au fil du temps, l'histoire de l'art finit par donner raison à ces choix et inscrit dans ses pages, entre autres, les noms de l'Italien Valerio Adami, de l'Américaine Joan Mitchell, du Cubain Wilfredo Lam, de l'Espagnol Eduardo Chillida et du Français Paul Rebeyrolle.

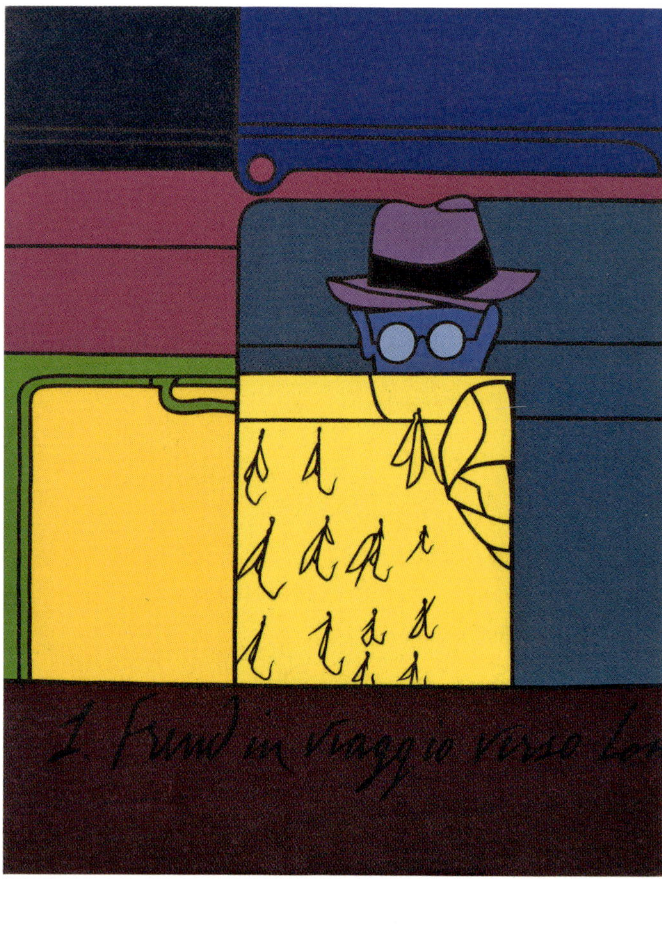

Valerio Adami, *Sigmund Freud in viaggio verso Londra,* 1973, acrylique sur toile, 130 x 97 cm

Wilfredo Lam,
La Fiancée de Kiriwina,
1949, huile sur toile,
124 x 109 cm

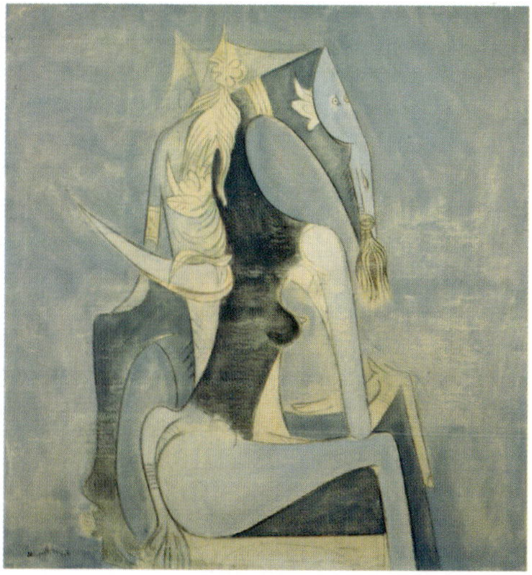

Eduardo Chillida,
Hommage à Aimé Maeght, 1988,
eau-forte originale
sur vélin d'Arches,
159,5 x 106 cm

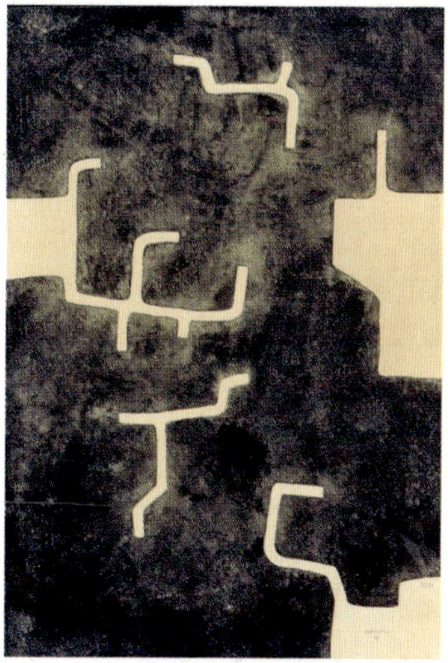

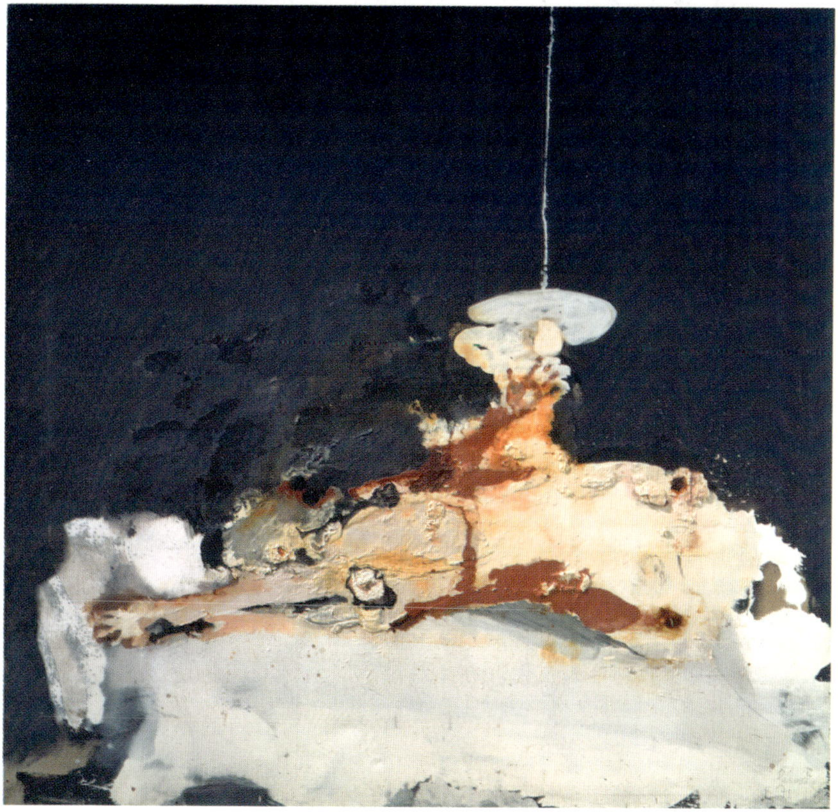

Paul Rebeyrolle,
Nu sur fond noir,
1971, huile sur toile,
260 x 260 cm

Joan Miró

Impossible de dissocier les noms de Miró et de Maeght. Plus encore que les autres artistes, Miró a été le proche d'entre les proches, partageant avec la famille Maeght quotidien, travail et amitié. Joan Miró et Aimé Maeght se rencontrent à l'occasion de l'exposition du surréalisme qui a lieu à la galerie Maeght en 1947. En 1953, l'architecte catalan José Luis Sert imagine et bâtit l'atelier de Miró sur l'île de Majorque. C'est ce qui décide Aimé à choisir Sert pour architecte de la Fondation. À la galerie Maeght, les expositions « Miró » se succèdent, présentant peintures, sculptures, gravures, tapisseries, céramiques et éditions… Chaque année, Miró séjourne plusieurs mois à Saint-Paul chez les Maeght, où il travaille dans les ateliers de gravure et de céramique. À Saint-Paul, Miró se sent chez lui. Il trouve en la Fondation son musée idéal, et tient à témoigner sa reconnaissance envers les Maeght par une donation exemplaire de plusieurs centaines d'œuvres.

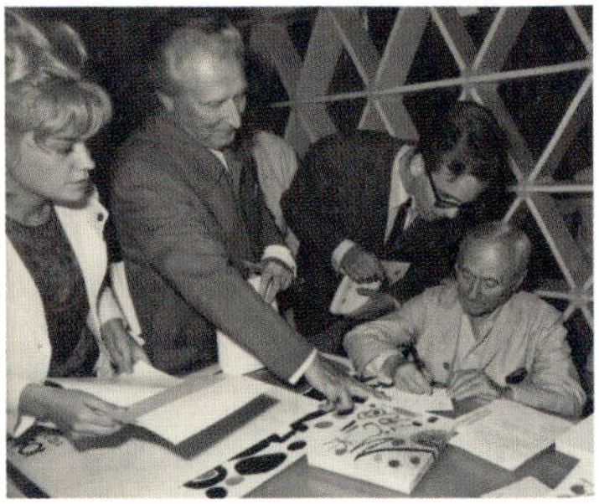

Aimé Maeght et Joan Miró à la Fondation, l'artiste dédicaçant son catalogue lors du vernissage de son exposition en 1968.

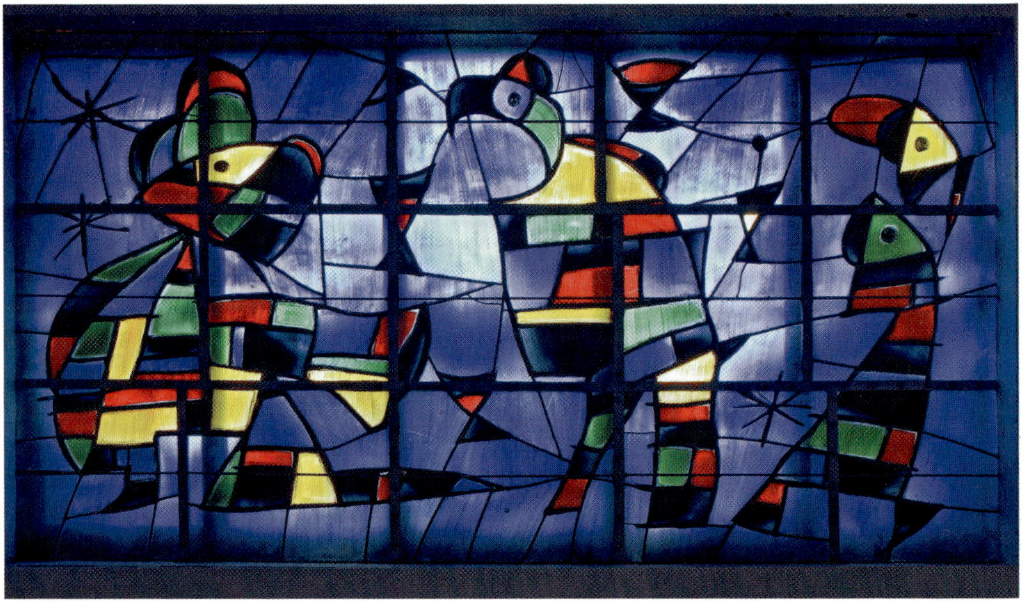

Joan Miró, *Dans le grenier à sel*, 1977,
eau-forte originale, 106,5 x 75 cm

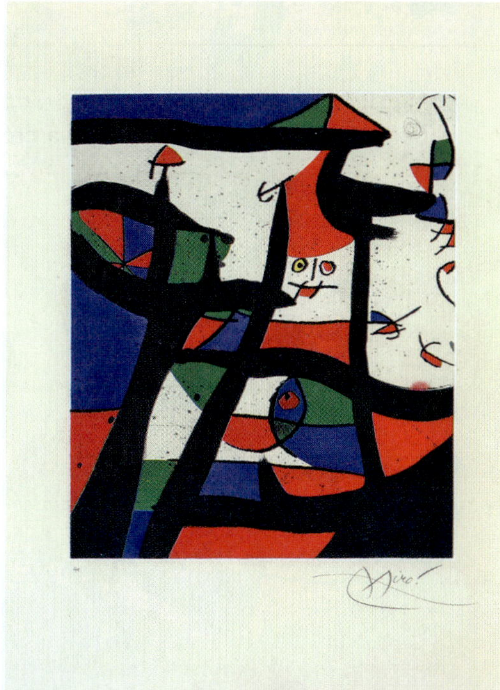

*J'ai reçu la collection de photos
de la maquette de la Fondation.
C'est une chose magnifique
qui va rester comme un monument
et comme un symbole à la gloire
des choses que nous aimons.
J'y ai beaucoup travaillé
et l'idée d'y collaborer
m'enthousiasme de plus en plus.*

Joan Miró, lettre à Aimé Maeght,
le 7 novembre 1957

Joan Miró, *Vitrail*, 1979, chaque panneau 200 x 360 cm

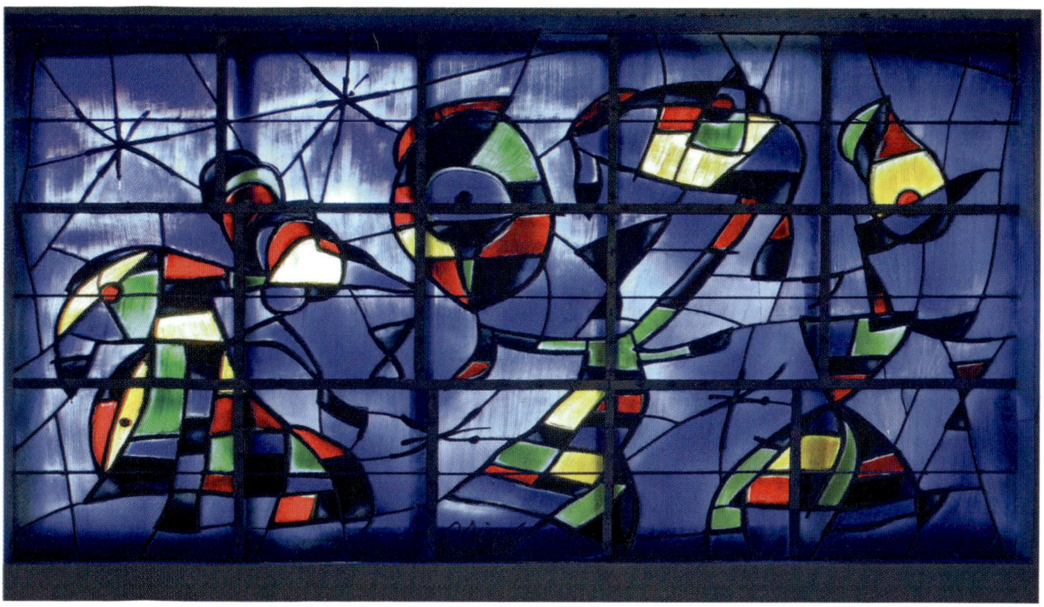

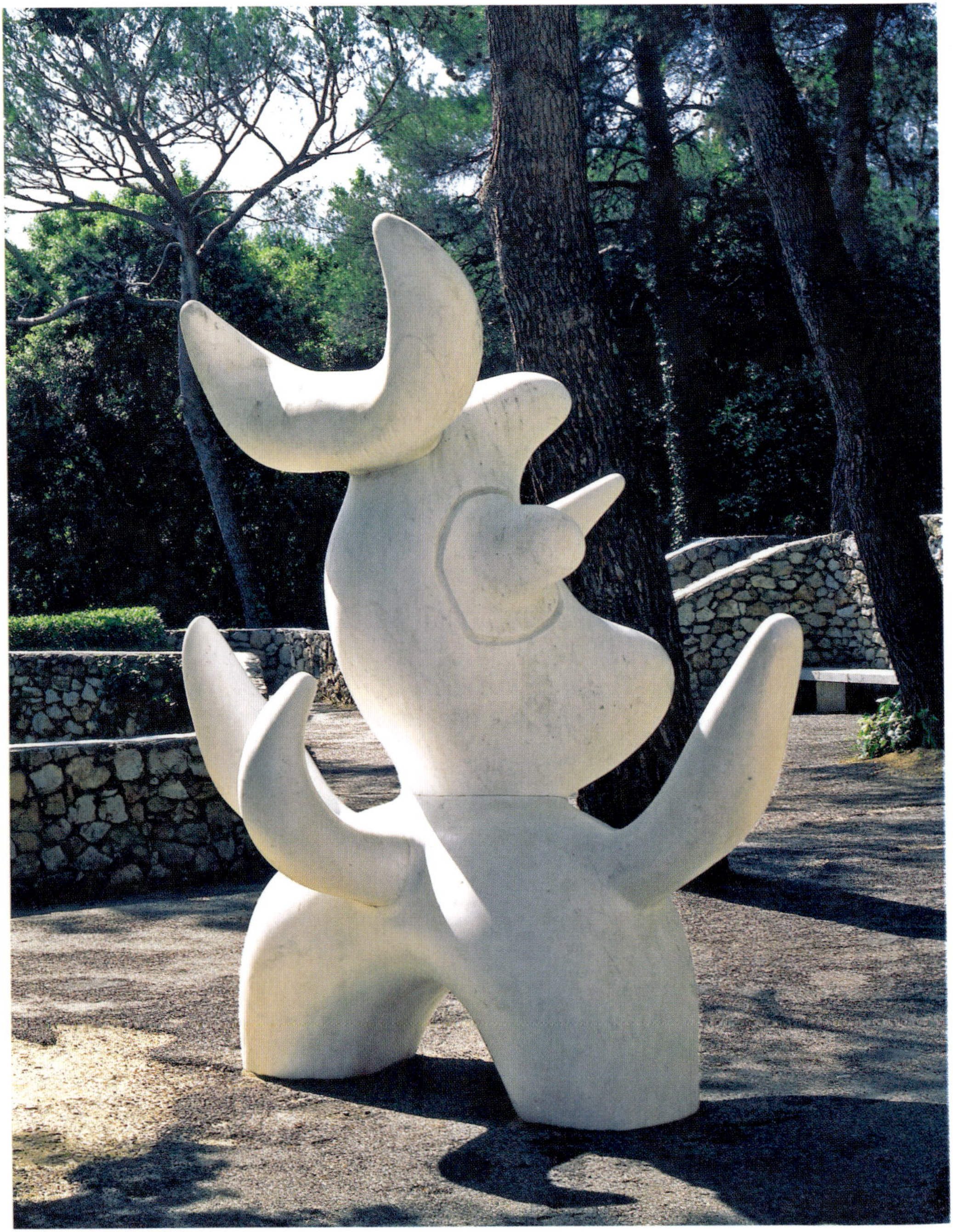

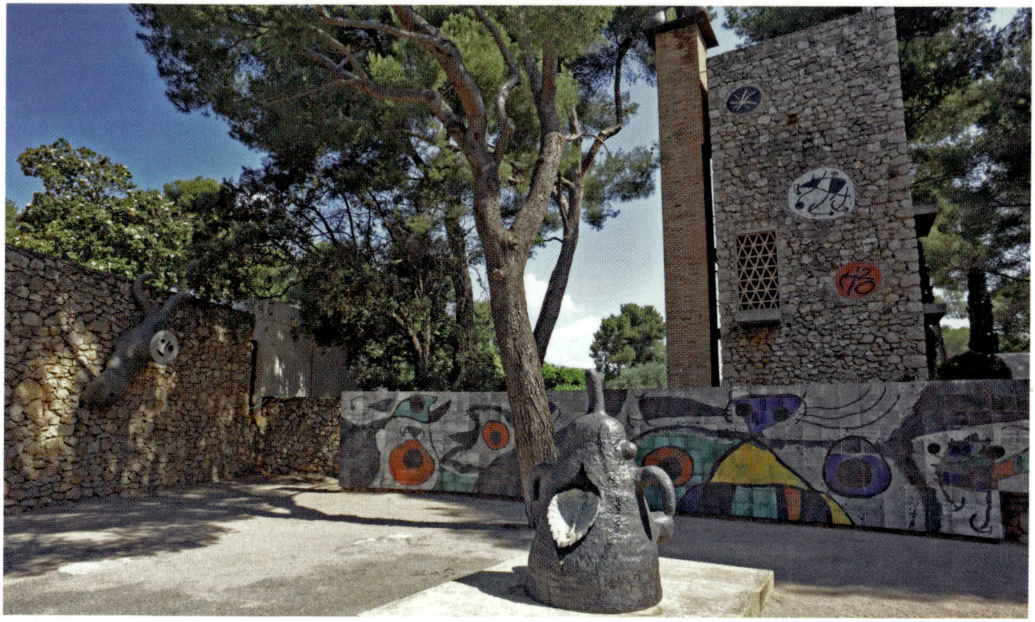

Le *Labyrinthe* de Miró

Aimé Maeght offre à Miró la dimension nécessaire à la démesure de son univers et lui propose d'investir les jardins de la Fondation. Miró, enthousiaste, s'engouffre dans ce projet. Avec le céramiste Josep Llorens Artigas, son ami de jeunesse à Barcelone, Miró réinvente la sculpture monumentale. Elle est associée à l'architecture et à la nature, source infinie de son inspiration. Pour le *Labyrinthe*, il va créer un monde onirique peuplé d'animaux fantastiques issus de sa propre mythologie. Le génie catalan explore tous les matériaux : le *Lézard* en céramique grimpe sur le mur du patio. La *Tour*, dans laquelle sont encastrées trois plaques en céramique, est dominée par un oiseau en fer forgé, perché à son sommet. Le *Mur* compte 468 plaques de céramique. L'*Oiseau lunaire* et l'*Oiseau solaire* sont en marbre de Carrare, la *Fourche* est en fer et en bronze ; elle reprend le symbole du poing levé du paysan en révolte lors de la guerre d'Espagne.

Ci-dessus : *Lézard*, 1963, céramique, 270 cm (à gauche) ; *Céramique murale*, 1968, 200 x 1 225 cm ; au premier plan : *Déesse de la fécondité*, 1963, céramique, 157 x 115 cm

Page de gauche : *Oiseau lunaire*, 1968, marbre, 300 x 270 x 194 cm

Joan Miró devant la *Grande Arche* en construction, 1963

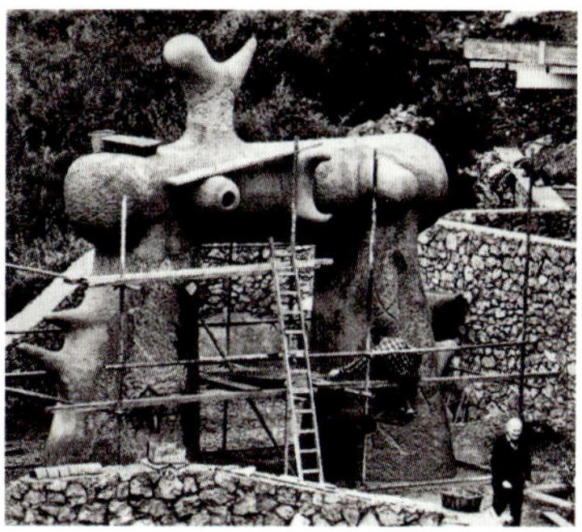

Alberto Giacometti

La première exposition Giacometti à la galerie Maeght a lieu en 1950. L'admiration que Marguerite et Aimé témoignent à Alberto est toute perceptible dans les portraits qu'il exécute d'eux. En 1959, pour un projet de place à New York, projet qui n'aboutira pas, Giacometti imagine un *Homme qui marche*, une *Femme debout* et une *Tête de Diego* sur socle, qui résument, pour lui, toutes ses recherches. Aimé Maeght offre à son ami d'investir la cour de la Fondation. Giacometti, en observant la statuaire égyptienne et l'œuvre de Rodin, a compris que « l'homme qui marche » est un des thèmes les plus importants de l'histoire de la sculpture.

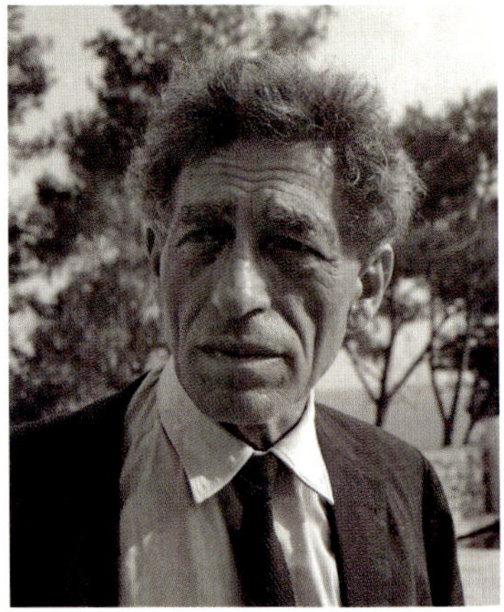

Alberto Giacometti à la Fondation Maeght, 1964 ; à droite : *L'Homme qui marche I*, 1960, bronze peint, 183 x 26 x 95,5 cm ; ci-dessous : *Femmes de Venise*, 1956, bronze, environ 120 cm de hauteur.

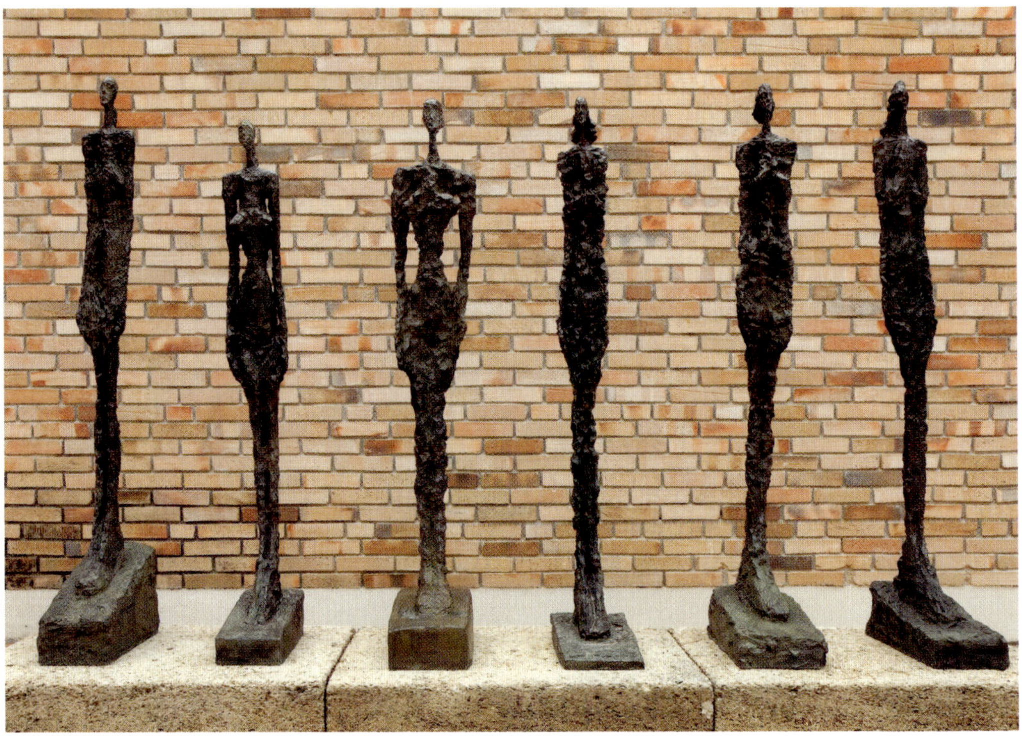

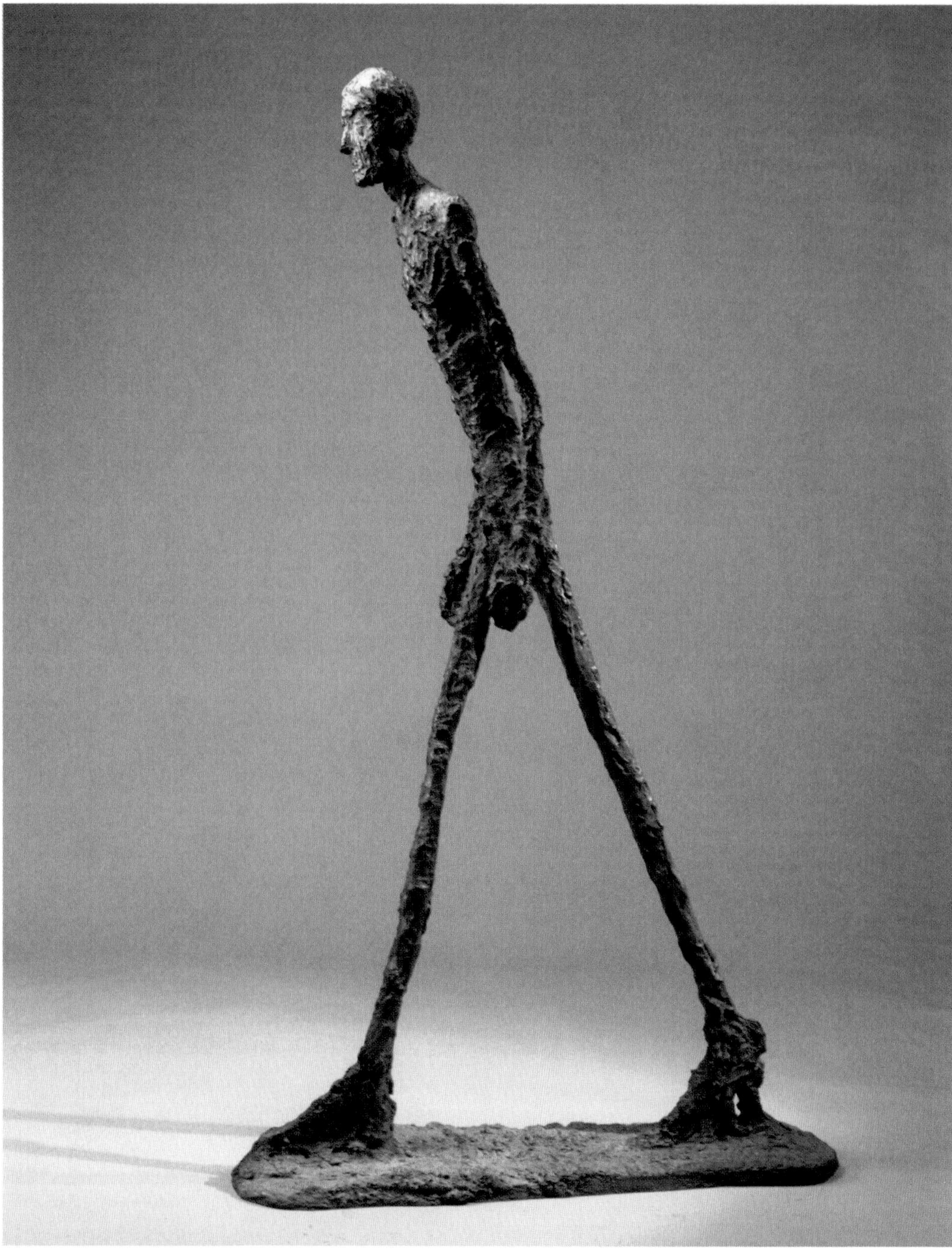

Lumière et architecture

Pour la Fondation Maeght, l'architecte catalan José Luis Sert calque son plan sur celui d'un village méditerranéen réinterprété. Chaque bâtiment a sa fonction : salles d'expositions, bibliothèque, café, librairie, bureaux, chapelle. La topographie joue un rôle majeur dans la détermination du style et de l'aménagement des pièces, des cours et des jardins en terrasses. Salles d'expositions, patios et jardins sont agencés selon différents niveaux de terrasses, soutenues par des murets de pierre. Le style de la Fondation est dicté par la recherche d'espaces ouverts propices à la mise en lumière des œuvres. Sert met au point un éclairage zénithal, utilisé dans chacune des salles. Quelle que soit la hauteur du soleil, les rayons lumineux arrivent sur les tableaux sans éblouir les visiteurs. La vocation primordiale de la Fondation est de donner à voir.

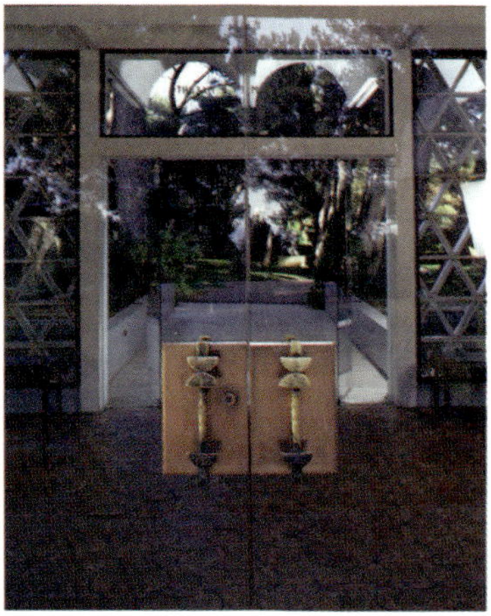

La lumière naturelle pénètre dans les bâtiments, créant ainsi le lien entre extérieur et intérieur. Une passerelle – évocation d'un pont-levis – mène à l'entrée de la Fondation. Sur les portes de verre s'accrochent les poignées de bronze de Diego Giacometti (ci-dessus).

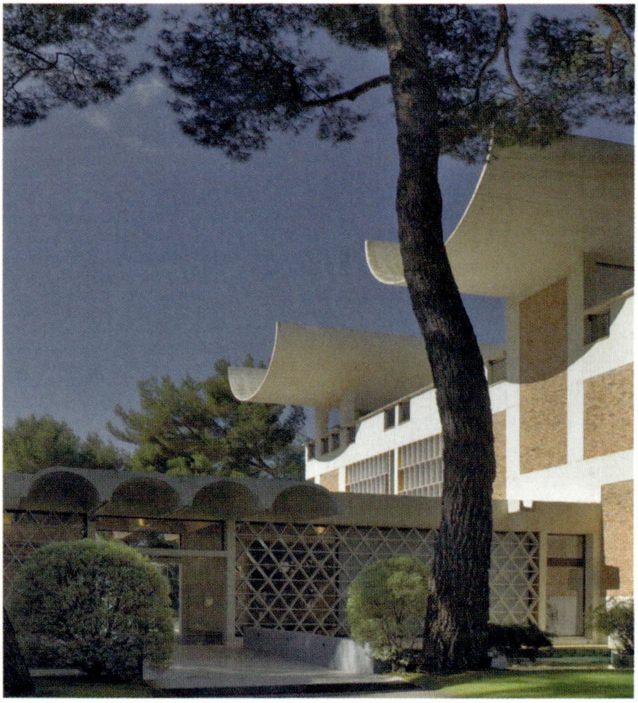

Les deux grands impluviums blancs qui s'élèvent dans l'azur sont l'emblème même de la Fondation. Ils assurent deux fonctions indispensables : recueillir les eaux de pluie pour en alimenter les bassins, et apporter, par leur ombre, de la fraîcheur dans les salles. Il se dégage des lieux une impression d'harmonie et d'équilibre, alors que le jeu des masses, des vides et des pleins n'est jamais symétrique – c'est l'évidence d'un paradoxe. La transparence est partout. Les claustras blancs rythment les façades. Une large baie vitrée s'ouvre sur un patio, où Georges Braque a imaginé un bassin où nagent ses poissons en mosaïque. Chaque détail, matériaux, couleurs, formes, volumes, a son utilité. Rien n'est laissé au hasard.

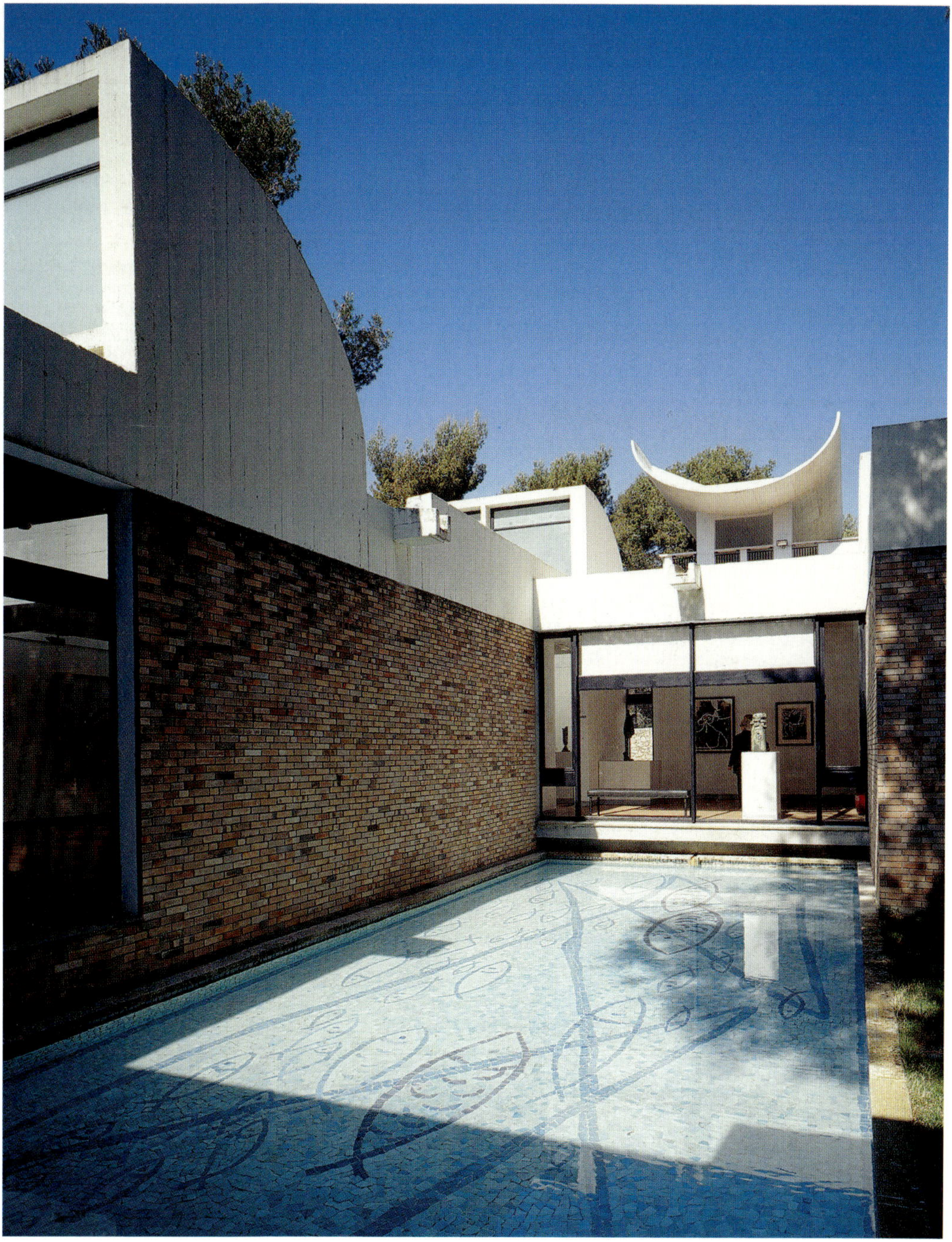

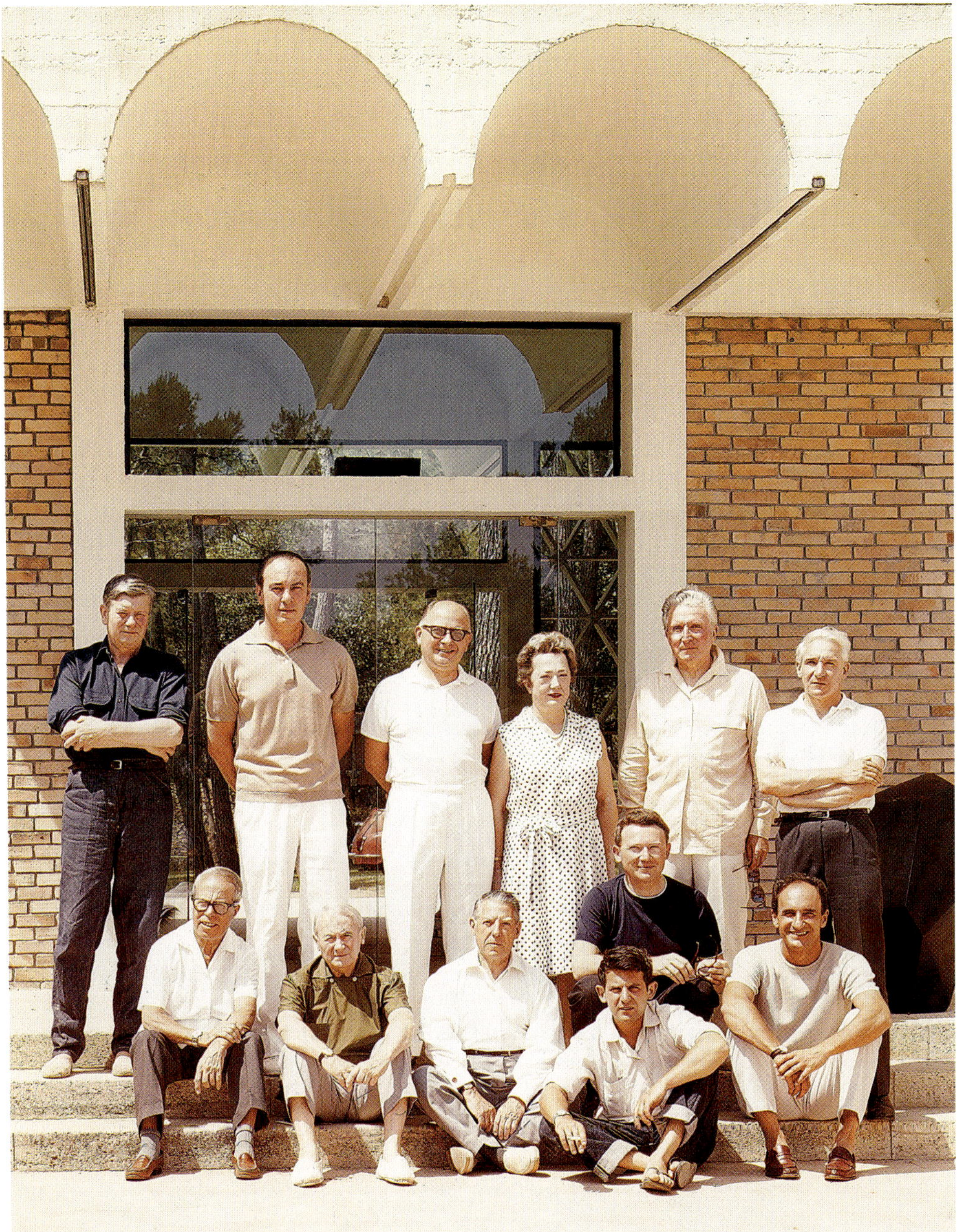

Réunis la veille de l'inauguration de la Fondation : debout, Pierre Tal-Coat, Pablo Palazuelo, Louis Clayeux, Marguerite et Aimé Maeght, Raoul Ubac; assis, José Luis Sert, Joan Miró, Josep et Joanet Artigas, Adrien Maeght et Eduardo Chillida.

Histoire et vie de la Fondation Maeght

« J'avais six hectares de terrain sur la colline de Saint-Paul. J'y ai construit ma maison. Mais un de mes fils est mort, et je n'avais plus envie de rien. Ce sont encore les peintres qui m'ont suggéré la voie à suivre. Georges Braque m'a incité à entreprendre quelque chose qui m'aiderait à dépasser ma peine : un lieu d'art moderne parmi le thym et le romarin. Et Fernand Léger m'a dit : "Si tu fais ça, je t'apporte ma barbouille. Je peindrai même les rochers." »

Aimé Maeght

Artistes et bâtisseurs

À la suite de la mort de leur fils Bernard, Marguerite et Aimé Maeght, profondément atteints, entreprennent, sur le conseil de Fernand Léger, un voyage aux États-Unis. L'idée de Braque et de Malraux de créer un lieu public fait son chemin. En 1955, ils visitent les fondations américaines : Barnes, Phillips, Guggenheim. Peu à peu se précise l'envie de créer un lieu où rassembler leur collection, et où leurs amis artistes pourraient travailler et échanger.

En France, au sortir de la guerre, un seul lieu compte et concentre l'art et les artistes : Paris. Choisir Saint-Paul est une gageure. C'est pour Aimé Maeght l'occasion de faire œuvre de créateur. Il se sent à l'étroit dans sa galerie parisienne qui compte mille cinq cents à deux mille tableaux et où il ne peut en montrer que quarante ou cinquante à la fois. « J'avais besoin d'air et d'espace. Je ne voulais pas faire une super-galerie en guise de fondation, mais autre chose qui appartiendrait à la communauté et qui serait à la fois une entreprise indépendante pour pouvoir agir. »

Dans aucun des musées visités, tant en France qu'à l'étranger, Aimé Maeght ne retrouve la lumière qui éclairait les œuvres de Picasso, Miró et Calder dans le pavillon espagnol de l'Exposition universelle de 1937, à Paris. À l'occasion de la visite du nouvel atelier de Miró à Palma de Majorque, Aimé est impressionné par la beauté du lieu et l'aspect fonctionnel de l'édifice. Une évidence, un même architecte pour les deux constructions : José Luis Sert.

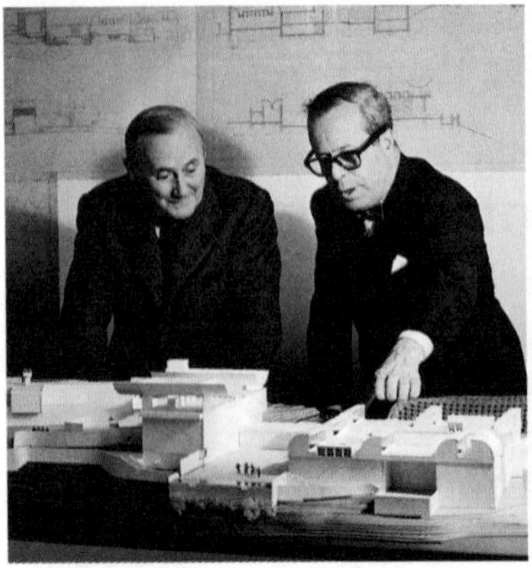
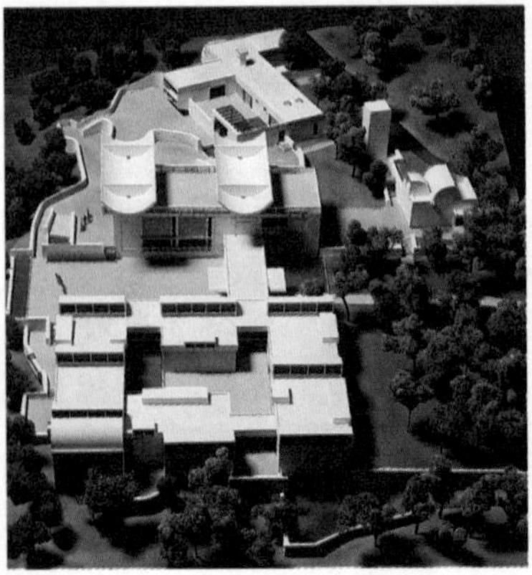
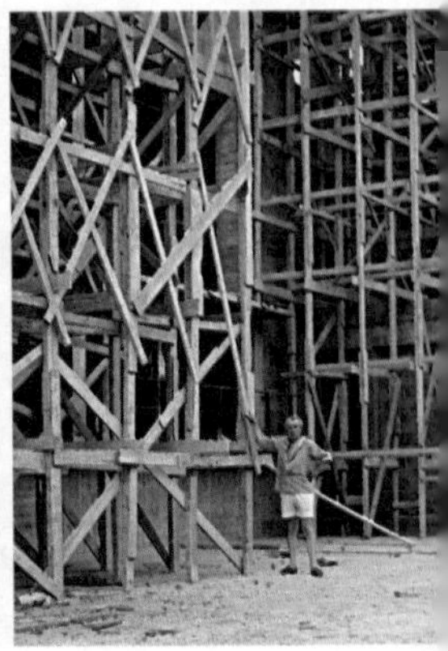

Immédiatement, Aimé Maeght se rend à Harvard pour y rencontrer l'architecte catalan, qui développe les théories d'une nouvelle architecture méditerranéenne. Ensemble, ils tracent les grandes lignes d'une «galerie idéale» dans un site unique de la Côte d'Azur, entre Méditerranée et pics enneigés des Alpes du Sud. D'emblée, tous deux écartent l'idée d'un musée fermé, au parcours imposé. José Luis Sert prône une architecture de climat pensée pour un soleil intense, une atmosphère limpide et un paysage avenant.

Saint-Paul est déjà le rendez-vous des artistes qui aiment à se réunir à l'auberge de la Colombe-d'Or, tenue par Paul Roux qui sait les accueillir chaleureusement. Aimé Maeght souhaite implanter sa fondation sur la colline de Saint-Paul près de la maison familiale, le Mas Bernard, du nom de leur fils disparu. Lors du débroussaillage des bois sont exhumés les vestiges d'une modeste chapelle qui se révèle dédiée à saint Bernard. Aimé y voit un signe troublant.

Pour les Maeght, il n'y a pas de grandes réalisations sans amour, sans croyance. Au regard chrétien de Marguerite, ce signe est une évidence : il faut commencer par réédifier la chapelle. Sert se saisit de l'idée pour articuler les bâtiments autour de cet édifice, comme les maisons d'un village traditionnel autour d'une église. L'idée d'un centre de vie apparaît à l'image d'un plan de village. José Luis Sert, en humaniste, dessine une architecture dédiée aux artistes comme aux simples amateurs. Un grand champ d'entrée, une agora, des bâtiments autour de patios, un campanile pour la chapelle, une maison pour les artistes…

La table de Marguerite Maeght est le lieu de discussions enflammées. Tous les artistes de la galerie, mais aussi les poètes et les proches s'engouffrent dans l'aventure de la Fondation, chacun y allant de sa proposition. Aimé écoute, synthétise, organise. Chaque artiste «Maeght» saura trouver à la Fondation son espace et se l'approprier à la mesure de son talent. Non seulement compagnons de route de sa conception, les artistes seront aussi, et surtout, omniprésents dans toute la vie de la Fondation. Chagall souhaite une salle pour n'y exposer qu'un seul tableau, monumental, celui qu'il veut peindre pour ce lieu, le projet de toute sa vie. À l'inverse, Giacometti veut une salle aux dimensions intimes. Braque et Ubac dessinent les vitraux et le chemin de croix de la chapelle. Tal-Coat se propose pour le mur d'enceinte.

Les travaux débutent le 5 septembre 1960. Les artistes sont là et pique-niquent même sur le chantier. Les bâtiments sortent de terre,

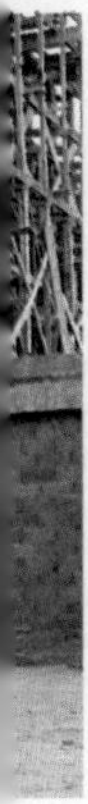

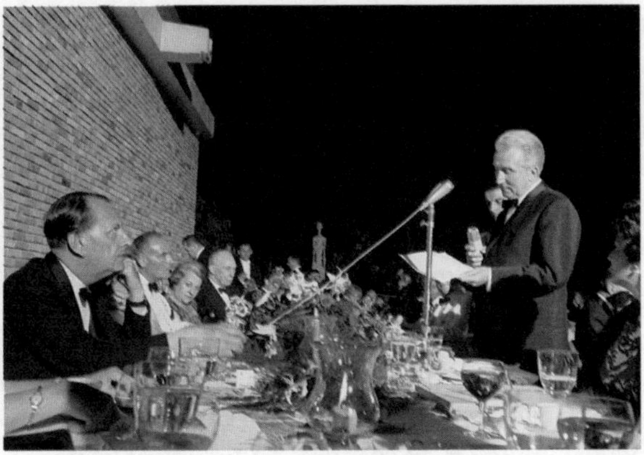

Joan Miró (à gauche) et José Luis Sert devant la maquette de la Fondation Maeght, 1957.

Maquette de la Fondation Maeght.

Aimé Maeght durant les travaux de la Fondation.

Aimé Maeght s'adressant à André Malraux lors de la soirée d'inauguration de la Fondation, 28 juillet 1964.

jouant de la déclivité du sol aux fins d'éviter la monotonie. Sert peut enfin appliquer sa théorie d'éclairage zénithal et mettre au point ses fameux « pièges à lumière ». Il joue aussi du rapport intérieur/extérieur, avec de nombreuses ouvertures sur la nature qui rythment les espaces d'exposition. Il prévoit des murs en béton brut de décoffrage, en découvrant la brique et la pierre du pays, qu'il privilégie : la brique maintient la réalité du mur, en donnant un corps à son élévation. Trois cent mille briques de sable rose, cuites au four à bois et provenant de la fabrique voisine de Clausonnes, rouverte pour l'occasion, sont ainsi utilisées.

Aimé Maeght et José Luis Sert partagent le respect de l'environnement et de la nature, le goût des matériaux vrais. Les pierres extraites du sous-sol servent à l'élévation des murs. La conception se soumet aux contraintes du climat tout en prenant en compte la gestion des énergies. Les impluviums apportent l'ombre et la fraîcheur aux bâtiments, et reçoivent l'eau de pluie, qui alimente les nombreux bassins. La ventilation naturelle des salles permet la climatisation nécessaire à la conservation des œuvres. Cette nouvelle approche architecturale en fera le premier bâtiment français qualifié HQE (« haute qualité environnementale »).

Chaque élément est spécifiquement conçu par les artistes ; Alberto et Diego Giacometti prennent en charge les luminaires, le mobilier en bronze, jusqu'aux poignées de portes. Même le sol est composé de dalles aux formes étonnantes. Braque trace ses poissons pour un bassin en mosaïque. Chagall aussi utilise la mosaïque pour orner le mur de la librairie. Une place majeure est réservée à l'univers de Miró. De l'amitié entre les Catalans Miró, Sert et le céramiste Josep Llorens Artigas naît le fantastique *Labyrinthe.* Miró y fait courir son fil d'Ariane sur les murets de pierres sèches qui entourent les sculptures de marbre, de fer, de céramique et même de béton.

Quatre années sont nécessaires à la construction de l'ensemble, entièrement financé par les Maeght, sans soutien de l'État.

Un anti-Louvre au soleil

Le soir du 28 juillet 1964, André Malraux, alors secrétaire d'État à la Culture, reçoit des mains des petites-filles de Marguerite et Aimé les clés de la Fondation. C'est l'écrivain, mais surtout l'ami du couple des fondateurs qui parle. Son discours livre une vision parfaite de ce nouveau lieu qui révolutionne le paysage artistique français. « Il est évident qu'au nom de la France, je m'associe à tout ce que vous avez dit pour tous et pour chacun, et pour les morts d'abord et aussi pour les vivants. Mais je voudrais essayer de bien préciser au-delà de tous les services que vous avez rendus au pays par votre vie entière – car tout ceci est la fin d'une vie, non pas une sorte d'accident – je voudrais essayer de préciser en quoi ceci me paraît tout autre chose qu'une fondation et, si vous le permettez, en quoi cette soirée a peut-être un caractère historique. [...] Vous venez de tenter ici, par le fait que vous avez tenté de résumer probablement la suite des amours d'une vie, par le fait que les peintres qui sont là se trouvent être tous, à quelque degré, ou bien des poètes ou bien des hommes qui expriment puissamment la poésie de notre temps, vous avez tenté de faire quelque chose qui n'est en aucune façon un palais, en aucune façon un lieu de décor et, disons-le tout de suite, parce que le malentendu va croître et embellir, en aucune façon un musée. Ceci n'est pas un musée . [...] Ici est tenté, avec un résultat que nous n'avons pas à juger et qui appartient à la postérité, est tenté quelque chose qu'on n'a jamais tenté : créer l'univers, créer instinctivement et par l'amour l'univers dans lequel l'art moderne pourrait trouver à la fois sa place et cet arrière-monde qui s'est appelé jadis le surnaturel. Ceci est à peine fini et nous sommes sur le silence qui succède au dernier coup de marteau. Je pense à Shakespeare : "C'est par une nuit pareille, Jessica..." Bien. C'est par une nuit pareille qu'on écouta le silence qui succédait au dernier marteau qui avait fait le Parthénon, c'est par une nuit pareille que Michel-Ange écoutait les derniers marteaux qui construisaient Saint-Pierre. Madame, Monsieur, je lève mon verre à celui qui, plus tard, lorsqu'au lieu qui fut Paris s'inclineront les gens murmurants et penchés, ayant écrit "ici la peinture poussa entre les pavés", viendra ici et dira "ce rapport qui est maintenant notre rapport avec la vie et qui est né de la peinture, il est peut-être obscurément né cette nuit". Et lorsque ceci n'existera plus, alors l'homme auquel je lève mon verre fera une petite inscription : "Il s'est peut-être passé ici quelque chose, l'esprit." »

L'inauguration se poursuit par un dîner dans la cour Giacometti. Ce soir-là, tous les artistes du clan Maeght sont à la fête parmi les poètes, les cinéastes, les comédiens, les ouvriers du chantier... Smoking et haute couture, rivières de diamants et champagne, rires et confidences. La télé et les radios sont présentes et captent les impressions des uns et des autres. Chagall confie : « Je suis très ému et je sens que quelque chose de fantastique se produit ce soir. Ce n'est pas un musée, c'est autre chose et seul Maeght pouvait faire cela. Je suis content que figurent ici mes tableaux. »

Marguerite, dotée d'un sens inné de l'hospitalité, a toujours su rassembler ceux qu'elle aime autour de joyeuses conversations et su partager une bonne table. La Fondation aurait-elle existé sans elle ? Aimé y répond : « Elle a toujours été la compagne des bons et des mauvais jours. Les rapports qu'elle a eus avec les artistes m'ont beaucoup aidé, elle m'a toujours secondé. Je trouve logique que la Fondation porte autant son nom que le mien. »

La soirée, sous les étoiles, s'achève par un tour de chant où Yves Montand interprète, bien sûr, une chanson de Prévert, « Dans ma maison ». Ella Fitzgerald, dans sa robe de mousseline, charme et séduit l'auditoire. Déjà, Aimé mêle toutes les expressions artistiques. Cette nuit-là, la Fondation Marguerite et Aimé Maeght devient le premier lieu d'art contemporain consacré à l'art vivant.

Les expositions

La Fondation organise chaque année plusieurs expositions de renommée internationale, rétrospectives d'artistes majeurs ou dédiées à des écrivains et à leurs rapports avec l'art. Au début, elle montre essentiellement les artistes défendus par Aimé Maeght, puis les expositions font une large place à des artistes extérieurs. Celles d'hiver et de printemps ont l'avantage de présenter des travaux très récents.
Les manifestations d'été, quant à elles, ont pour thème des artistes ou des mouvements fondamentaux de l'histoire de l'art, de la fin du XIXe siècle à aujourd'hui.

L'ami des premiers jours, le sculpteur américain Alexander Calder, conçoit lui-même son exposition de 1969, lui qui avait déjà créé *Les Renforts*, le stabile qui accueille les visiteurs dans le jardin de la Fondation.

Neuf ans après l'inauguration de la Fondation, l'amitié d'André Malraux pour Aimé Maeght amène les deux hommes à concevoir l'exposition « André Malraux. Le musée imaginaire ». Tous deux sont de fervents initiateurs d'une culture sans frontière. Ils collectionnent les arts de toutes origines : art tribal et arts premiers, arts populaires et art sacré, littérature et peinture, théâtre, danse et musique. L'un et l'autre ont un sens et une vision prémonitoires du monde de l'art.

Pour cette exposition, où l'on retrouve tout entier l'auteur de *La Condition humaine* et de *La Métamorphose des dieux*, les plus grands musées acceptent de prêter leurs chefs-d'œuvre, certains pour la première et dernière fois. Une large place est faite au Moyen-Orient et à l'Orient: Babylone, Égypte, Afghanistan, Pakistan, Inde, Tibet, peuple khmer, Chine, Japon. S'instaure un dialogue entre la statuaire égyptienne et les personnages de Giacometti, *La Jungle* du Douanier Rousseau côtoie une déesse sumérienne, un masque pongwé fait face à une peinture du Tintoret. L'histoire de l'art est sublimée : Manet, Miró, Chardin, Fautrier, Füssli, Braque, Goya, Rouault, Picasso, Ensor, La Tour, Cézanne, Lautrec, Daumier, Chagall, Fragonard…
Le jour du vernissage, le 13 juillet 1973, est le triomphe d'André Malraux, peut-être même l'aboutissement de sa vie et de son œuvre. La même année, il écrit dans *La Tête d'obsidienne* : « À Saint-Paul-de-Vence, la Fondation Maeght, la seule Fondation française comparable aux grandes Fondations américaines, dresse au-dessus des arbres de Renoir ses toits en pagode. Je l'ai inaugurée, sans la voir, une nuit de 1964. Au ras du sol, les fumées de Giacometti tremblaient dans l'ombre ; Miró avait fiché sur le firmament provençal les cornes de ses diables et la fourche de son enfer ingénu. Les voici. Les petites-filles qui m'avaient apporté les clefs de la Fondation sur un beau coussin sont mariées. »

En 1975, « Bonnard dans sa lumière » présente celui que Matisse appelait « le plus grand de tous ». Cette exposition n'est pas une simple rétrospective mais un hommage d'Aimé Maeght à celui qui l'avait introduit dans le monde de l'art. Parlant d'Aimé à Thadée Natanson, Bonnard confiait : « Si j'avais dû avoir un fils, c'est comme cela que je l'aurais voulu. »

Peu de temps après le vernissage de l'exposition « Paul Klee », le 31 juillet 1977, Marguerite Maeght meurt, à l'âge de 67 ans.

En 1978 a lieu une rétrospective de l'œuvre d'Alberto Giacometti qui réunit 116 sculptures, parmi lesquelles les œuvres cubistes et surréalistes de ses débuts, mais aussi les *Femmes de Venise*, l'*Homme qui marche*, la *Forêt* et les imposants portraits de Marguerite Maeght ; dessins, eaux-fortes, lithographies et livres illustrés complètent l'exposition.

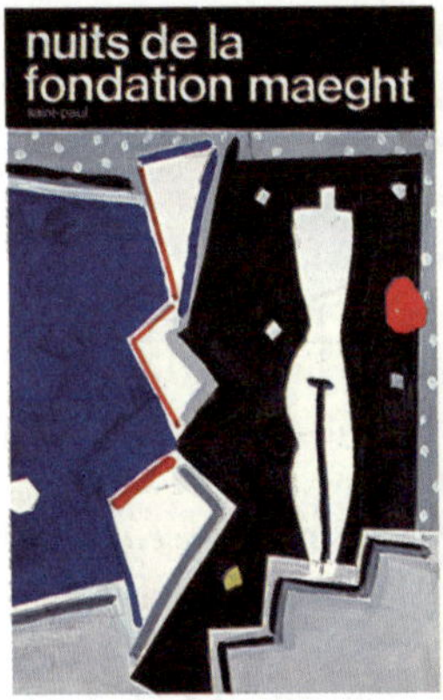

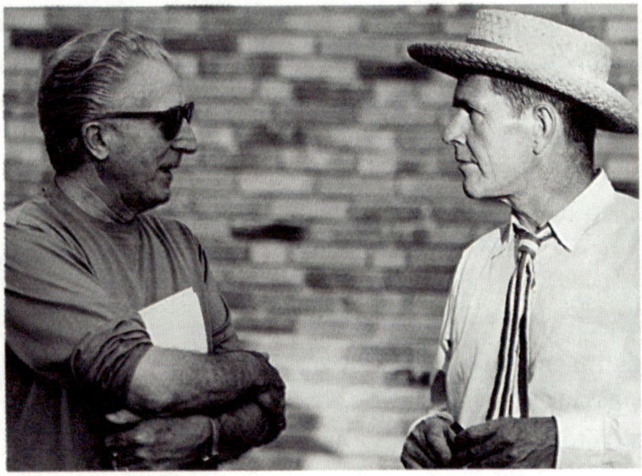
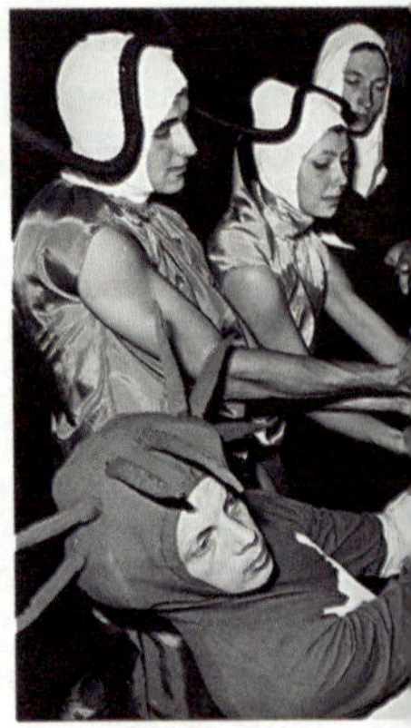

Georges Braque supervise la pose du vitrail de la chapelle et la réalisation de la mosaïque de son bassin. Il meurt peu de temps avant l'inauguration de la Fondation, qui lui rend hommage en 1980, à travers une rétrospective où se côtoient pour la première fois sculptures et peintures.

Le poète Pierre Reverdy, qui a suivi d'un regard attentif la naissance de la Fondation, souhaite apporter sa pierre à l'édifice. Ne pouvant, comme ses amis artistes, donner des peintures, il lui lègue ses droits d'auteur. En 1972, à la suite de l'exposition « À la rencontre de Pierre Reverdy » est créé le comité Pierre-Reverdy, chargé de faire rayonner l'œuvre et la mémoire du poète. Aujourd'hui, de nombreux chercheurs viennent consulter le fonds Reverdy, composé de ses manuscrits et de ses plus beaux livres.

Des présentations d'œuvres issues de la collection de la Fondation succèdent aux expositions temporaires. Les collections regroupent plus de 1 000 peintures et sculptures, 600 dessins, 6 000 gravures et plus de 30 000 livres.

L'ensemble d'œuvres d'Alberto Giacometti est un des deux plus importants du monde (35 sculptures, 25 dessins, 60 gravures et lithographies). Il en est de même pour Miró avec 8 peintures, 140 sculptures, 75 dessins, une centaine de collages et maquettes et plus d'un millier de lithographies et gravures. La collection d'œuvres d'exception de Braque réunit des peintures, des sculptures de bronze ou de pierre, mais aussi deux rares et monumentaux plâtres gravés, inspirés par la *Théogonie* d'Hésiode. Un remarquable ensemble de plus de 50 œuvres sur papier et des sculptures en fer de Julio Gonzalez ont été offerts par la veuve de l'artiste. Michel Guy, ancien secrétaire d'État à la Culture et créateur du Festival d'automne de Paris, a tenu à léguer à la Fondation des peintures de Bram Van Velde ; en reconnaissance, une salle de la Fondation porte maintenant son nom.

Les collections d'œuvres sont si vastes qu'elles sont l'objet de plusieurs ouvrages. Un inventaire digne de Prévert…

Les Nuits de la Fondation

Depuis le jazz-band de sa jeunesse, Aimé Maeght garde la passion de la musique. Ouverte à toutes les formes d'art contemporain, la Fondation accueille donc également la musique contemporaine, mais aussi la danse et le théâtre d'avant-garde.

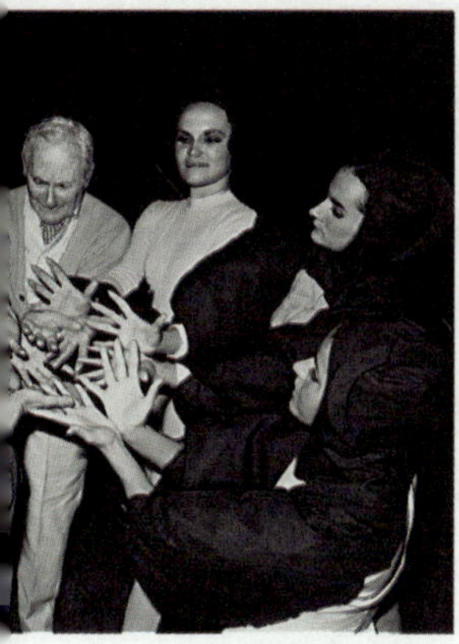

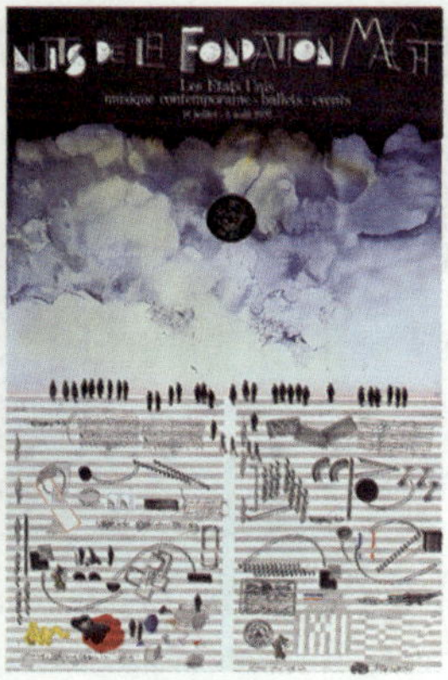

Affiche des Nuits de la Fondation,
par Aki Kuroda, 1985.

Aimé Maeght et John Cage à la Fondation, 1966.

Joan Miró et les danseurs de son spectacle,
Nuits de la Fondation, été 1968.

Affiche des Nuits de la Fondation, par Saül Steinberg, 1970.

Les Nuits de la Fondation Maeght ont lieu tous les étés de 1965 à 1970. Le public y découvre, dans les jardins, parmi les œuvres, ou dans la cour Giacometti, des artistes singuliers, pionniers de la musique minimaliste ou expérimentale : Iannis Xenakis, Pierre Boulez, Karlheinz Stockhausen, Olivier Messiaen, Sun Râ, Cecil Taylor, Albert Ayler, Terry Riley, La Monte Young… Lorsque la Merce Cunningham Dance Company évolue sur des musiques de John Cage, parmi des décors de Jaspers Johns, Robert Morris et Frank Stella, l'apothéose du métissage des arts est atteinte.

La Fondation, espace ouvert à la création, s'affirme comme le carrefour de toutes les expressions. Les artistes y sont chez eux. Comme cet après-midi d'été de 1966, où, dans le *Labyrinthe* de Miró, sur fond de chant de cigales, Duke Ellington improvise son « Blues for Miró », sous l'œil amusé du sculpteur.

Mission de la Fondation

La Fondation Marguerite et Aimé Maeght, financée par la famille Maeght, a une durée illimitée ; elle a pour but de recevoir, acquérir, restaurer, conserver et exposer au public des œuvres d'art. Elle donne aux artistes la possibilité de se rencontrer et de travailler en commun.

Elle est régie par un conseil d'administration qui, depuis la mort du fondateur, Aimé, est présidé par un membre de la famille Maeght. Le conseil est composé de onze membres bénévoles, nommés pour neuf ans et renouvelables par tiers tous les trois ans ; y siègent également trois membres de l'État français, représentant les ministères de l'Intérieur et de la Culture.

La Fondation, outre l'aide de la famille Maeght, doit trouver son propre financement. À ces fins, pour assurer son fonctionnement et ses expositions, elle est habilitée à recevoir des dons, aussi bien de sociétés que de personnes privées (notamment par le paiement de l'ISF). La générosité d'anonymes mais aussi d'artistes lui permet d'enrichir ses collections.

Elle accueille plus de 150 000 visiteurs par an. Toutes les œuvres acquises ou données font partie du patrimoine de la Fondation et sont donc inaliénables, au même titre que le bâtiment et le terrain où elle est implantée.

La Fondation offre au public les moyens de découvrir les nouvelles tendances de l'art vivant et les fondements de l'art moderne.

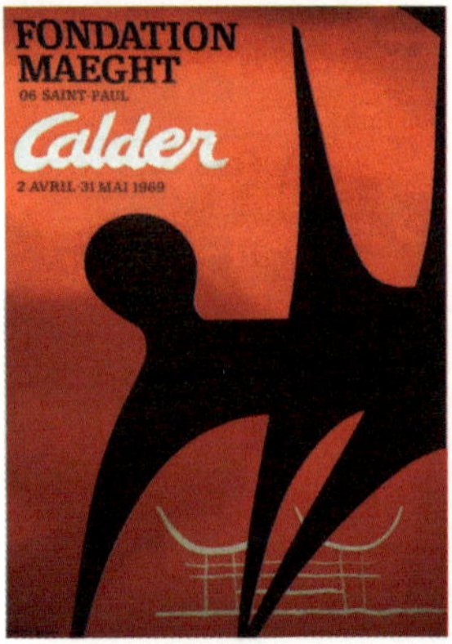

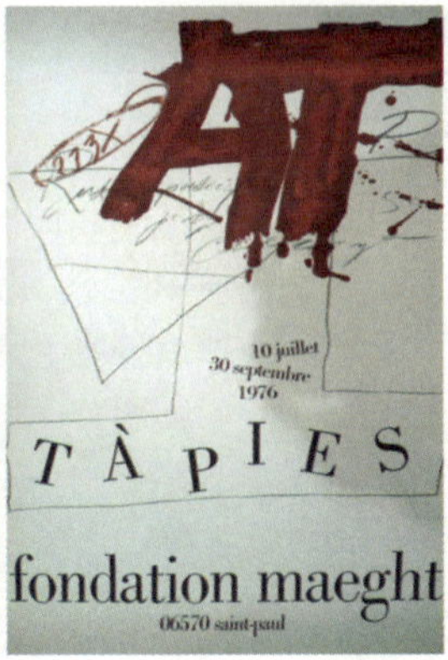

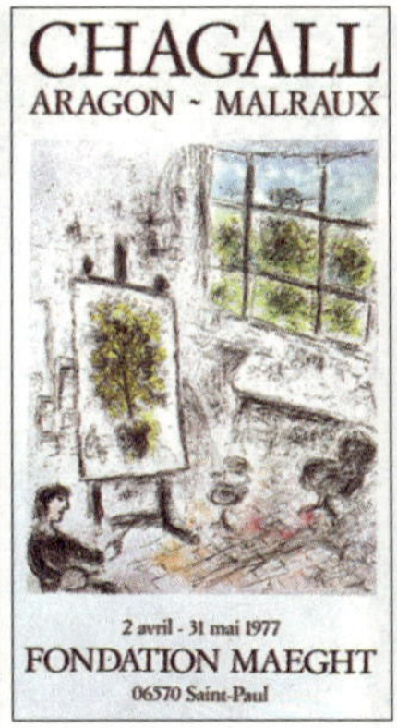

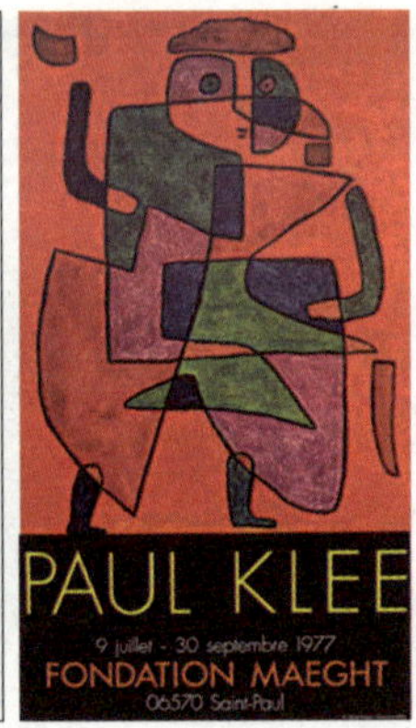

La Fondation aujourd'hui

« Ce n'est pas une maison de la culture, disait Aimé Maeght, c'est une maison de la création ; ça demande beaucoup de sacrifices, beaucoup de travail, beaucoup d'attention, mais c'est dans ce sacrifice que je trouve ce plaisir de vivre, ce bonheur d'agir. » Suivant la voie tracée par Aimé (†1981) et Marguerite (†1977), la Fondation Maeght poursuit et prolonge l'esprit Maeght. On retrouve, bien sûr, des expositions des artistes amis de la première heure : Bonnard, Léger, Braque, Rouault, Chagall, Calder, Giacometti, Miró, Ubac, Bram Van Velde, Steinberg, Chillida, Tàpies… Mais, aussi, les grands artistes internationaux : Kandinsky, Picasso, Klee, Bacon, de Staël, Otto Dix, Gonzales, Dubuffet, Hartung, Henry Moore, Sam Francis, Rauschenberg, Jasper Johns, Christo, Lucian Freud, Lindner…

Elle remplit aussi parfaitement sa mission de promoteur d'artistes ignorés des grandes institutions. À Saint-Paul, les créations de Germaine Richier, Riopelle, Rebeyrolle, Palazuelo, Bury, Adami, Takis, Monory, Calzolari rencontrent, enfin, une audience méritée. C'est à travers le même regard porté sur la création contemporaine que la famille Maeght exprime ses choix, et ce, souvent, contre vents et marées. Ainsi le public de la Fondation peut-il découvrir les talents de demain : Barceló, Yang Pei Ming, Valdes, Kuroda, Del Re…

Aimé Maeght avait compris, dès les premiers jours de sa galerie, que le monde de l'art n'a pas de frontières. C'est toujours cet esprit qui dicte les engagements de la Fondation. L'accompagnement des artistes se matérialise bien au-delà de ses murs. En effet, ces dernières années, on ne compte plus les expositions organisées à l'étranger. En Chine ou dans les Émirats, pour toucher un nouveau public et lui faire partager la création contemporaine occidentale. En Australie ou dans les pays nordiques, en exposant l'œuvre de Giacometti. La première exposition « Miró » en Turquie, l'hommage à « Maeght et ses artistes » à la Royal Academy de Londres ou encore Aki Kuroda au musée de la Cité interdite à Pékin, sont des productions de la Fondation Maeght…

N'est-ce pas, aussi, l'esprit français qui voyage ainsi ?

Au premier plan : Alberto Giacometti, *Femme (haut chignon)*, 1948, bronze, 117 x 20 x 29 cm.
Au mur : Ellsworth Kelly, *Red, Yellow, Blue*, 1963, huile sur toile, 231 x 231 cm.

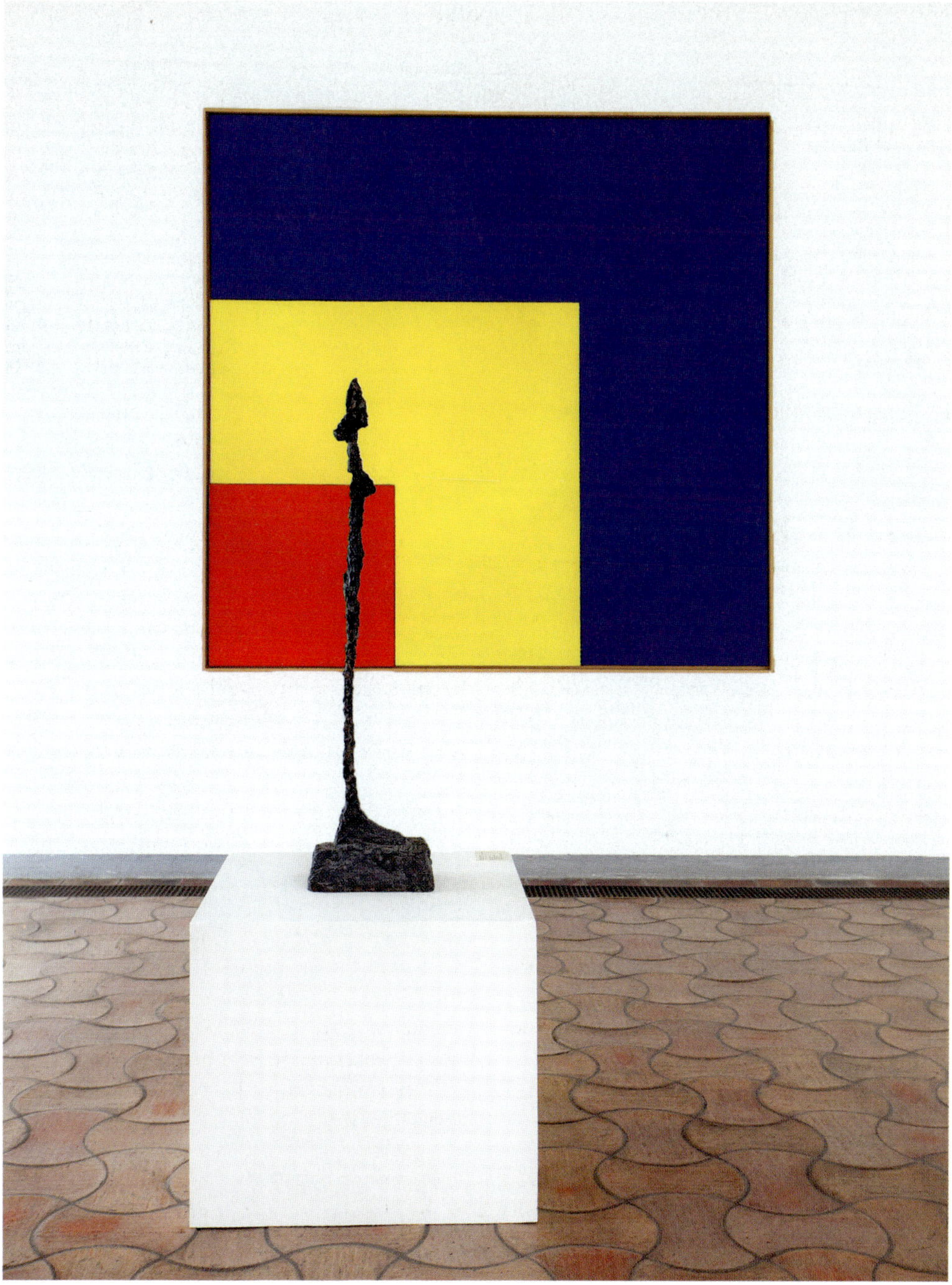

EXPOSITIONS À LA FONDATION MAEGHT

1964, 28 juillet
Inauguration de la Fondation Marguerite et Aimé Maeght

1966
Dix ans d'Art vivant 1945-1955, 9 avril-31mai
Kandinsky 27 juillet-30 septembre

1967
Dix ans d'Art vivant 1955-1965 3 mai-23 juillet
Hommage à Marc Chagall 1er août-30 septembre

1968
Art vivant 1965-1968 13 avril-30 juin
Joan Miró 23 juillet-30 septembre
Simon Hantaï 21 décembre-16 mars

1969
Alexander Calder 2 avril-31 mai
Peintres illustrateurs, livres illustrés depuis Manet 5 juin-10 juillet
À la rencontre de Matisse 16 juillet-30 septembre

1970
À la rencontre de Reverdy 23 mars-30 avril
L'Art vivant aux États-Unis 16 juillet-30 septembre
Jean-Paul Riopelle, grands formats 22 décembre-22 janvier

1971
René Char 6 avril-6 juin
Une école, une fondation 1er-30 juin
Hans Hartung, grands formats 6 juin-6 juillet
Hommage à Georges Rouault 17 juillet-17 septembre
Anne Madden 12 novembre-12 décembre
Paul Rebeyrolle, grands formats 21 décembre-22 janvier

1972
Fredrickson 14 février-9 mars
Titina Maselli 3-30 mars
Donation Gonzalez 9 juin-4 juillet
Nicolas de Staël 11 juillet-24 septembre
Maeght Éditeur 22 décembre-22 janvier

1973
Fahri 9 février-8 mars
Pierre Le Brocquy 9 mars-4 avril
Joan Miró, sculptures et céramiques 14 avril-30 juin
André Malraux. Le Musée imaginaire 13 juillet-30 septembre
Bram Van Velde, rétrospective 21 décembre-30 janvier

1974
Claude Garache 9 février-8 mars
Pol Bury, 25 tonnes de colonnes 25 mars-30 mai
Zoltan Kemeny 25 mars-30 mai
Xe anniversaire de la Fondation Maeght 13 juillet-30 septembre

1975
L'art graphique à la Fondation Maeght 24 janvier-15 mars
Bonnard dans sa lumière 12 juillet-28 septembre
Gosselin 21 décembre-30 janvier

1976
Jean-Luc et Titi Parant 10-30 janvier
Daily Bull and Co 7 février-14 mars
Michaux 3 avril-10 juin
Antoni Tàpies 10 juillet-30 septembre
Hommage à Gonzalez 15 décembre-10 janvier

1977
Meurice 14 janvier-20 février
Jacques Monory, Opéras glacés 14 janvier-20 février
Marc Chagall, Livres 2 avril-30 mai
Messagier 4 juin-4 juillet
Paul Klee 9 juillet-30 septembre

1978
Raoul Ubac 25 mars-25 mai
Alberto Giacometti 8 juillet-30 septembre
Georges Braque, œuvre graphique 20 décembre-4 février

1979
Saül Steinberg 10 mars-30 avril
Richard Lindner 12 mai-30 juin
Joan Miró 6 juillet-30 sept.
Jacques Moninot 21 décembre-10 février

1980
Dessins de la Fondation Maeght 29 mars-31 mai
Georges Braque 5 juillet-4 octobre

1981
Salle Picasso 15 avril-15 juin
Sculptures du XXe siècle 4 juillet-11 octobre

1982
L'univers d'Aimé et Marguerite Maeght 3 juillet-3 octobre
Appel, Alechinsky 18 décembre-30 janvier

1983
Anne Madden 5 février-13 mars
Sam Francis 19 mars-5 mai
Louis Cane 7 mai-20 juin
Max Ernst 5 juillet-1er novembre

1984
Hommage à Miró 10 mars-8 mai
Robert Rauschenberg 10 mai-30 juin
Marc Chagall, rétrospective 3 juillet-15 octobre

1985
FRAC Provence-Alpes-Côte d'Azur 2 février-17 mars
Piet Mondrian 3 mars-16 mai
Christo, Surounded Islands 8 mai-30 juin
Jean Dubuffet, rétrospective 6 juillet-6 octobre

1986
Peintres illustrateurs du XXe siècle 22 mars-4 mai
Jasper Johns 17 mai-30 juin
Un musée éphémère, collections privées françaises 5 juillet-12 octobre

1987
Jean Bazaine 7 mars-26 avril
Domenico Gnoli, rétrospective 9 mai-27 juin
À la rencontre de Jacques Prévert 4 juillet-18 octobre

1988
Le peintre et l'affiche de Lautrec à Warhol 21 mai-28 juin
Fernand Léger, rétrospective 2 juillet-10 octobre

1989
Arts de l'Afrique noire, collection Barbier-Mueller 11 mars-15 mai
L'œuvre ultime, de Cézanne à Dubuffet 4 juillet-4 octobre

1990
Un musée / Une fondation, Collection du musée d'Art moderne de Saint-Étienne 17 février-4 avril
Riopelle d'hier et d'aujourd'hui 28 avril-28 juin
Miró, rétrospective de l'œuvre peint 4 juillet-14 octobre

1991
Le cabinet des dessins de la Fondation Maeght 1er mars-30 juin
Nicolas de Staël, rétrospective 1er juillet-29 septembre

1992
Art Millénaire des Amériques, collection Barbier-Mueller 11 avril-30 juin
L'art en mouvement 4 juillet-15 octobre